きっと見つかる幸せスイッチ

May your Happiness be with you.

MURAKAMI Hyappo

村上百歩

文芸社

まえがき

僕は成人式を病院で迎えました。

別に子供のときから体が弱かったというわけでもないのですが、高校時代ぐらいから腹痛に悩まされて、よく眠れぬ夜を過ごしたものでした。

そして19歳のとき、年の瀬も押し迫った頃、貧血で倒れて病院に行ったところ、十二指腸潰瘍と診断されて入院することとなりました。

この年頃、入院するといろいろなことを考えます。

「大人になる」という節目で、友人が皆、成人式に参加しているときに、一人ベッドの上で窓の外の師走の景色を眺めていると、明るい未来みたいなものは感じられません。自然、今からの人生について、後ろ向きな思いばかりが思い浮かび、どんどん滅入っていきました。

就職について、将来について、恋愛について、そして自分の一生について。

周りに相談できる人もいなかったので、やみくもに、いろいろな人の伝記を読みました。

そして、ひとまずたどりついた結論は、**人生の目標は幸せになること**で、いいのではないか、ということでした。どうしたら幸せになれるかは、また、今から考えることとしよう、と思いながら退院しました。

それ以来、ずっと幸せについて、幸せとは何か、どうしたら幸せになれるかについて考えてきました。その間、幾多の本から学び、たくさんの人にいろいろなことを教えてもらい、一生懸命考えながら、試行錯誤もしました。

そんな道を歩いてきましたが、今は、ありがたいことに**僕は幸せ**です。

幸せになることについて、まだまだ日々、新しい発見もありますが、最近は、何より自分が学んで実践して幸せに感じたことを人に伝えることに喜びを感じています。

＊　＊　＊

サミュエル・ジョンソンという、18世紀のイギリス人で、辞書をつくったことで知られている人は

The business of the wise man is to be happy

「賢い人の仕事は幸せになることだ」という名言を残しています。

ギリシャの哲人、アリストテレスも、

Happiness is the meaning and the purpose of life, the whole aim and end of human existence.

「幸福は人生の意味および目標、人間存在の究極の目的であり狙いである」と、言い残しています。

よく、幸せに縁がない、とか、ついてない、とか、文句ばかりいう人がいますが、幸せになるためには、まず、真剣に幸せになろうと思い、その方法を探し、見つけたら実行に移すことではないでしょうか。

どうしたら幸せになるのだろうか、と貪欲に考え続けること、自分が幸せになろう、自分の幸せを見つけよう、と強く思うことが、何より幸せの第一歩です。

一人ひとり、自分の「幸せスイッチ」は異なります。

だから、自分の「幸せスイッチ」を見つけないと、幸せにはなれません。

そして、もう一つ大事なことは、**自分の幸せスイッチは、自分でしか押せない**、ということです。

でも、ここにもスイッチがありますよ、これはどうですか、と教えてあげることはできるかもしれない。

マザー・テレサは、次のような言葉を残してくれています。

「考えていることに気をつけなさい、それはいつか言葉になるから。
言葉に気をつけなさい、それはいつか行動になるから。
行動に気をつけなさい、それはいつか習慣になるから。
習慣に気をつけなさい、それはいつか性格になるから。
性格に気をつけなさい、それはいつか運命になるから。」

つまり、幸せになるためには、幸せにつながる考えを持って、幸せな言葉を使い、幸せな行動を起こすことです。そうすれば、幸せな習慣が身に付き、幸せな性格になれて、最後には幸せな運命が訪れて、幸せな人生を送れるということです。まずは、考えていること、言葉、行動を変えることです。**何も変えないと、何も起きません。**

この本を読んだ方が、自分で気づいていなかった幸せスイッチを見つけて、もっと幸せになり、それを周りの方に伝えて、日本が、世界が、もっと幸せになったらいいな、という思いで、この本を書きました。

あなたの幸せスイッチも本気で探せば、きっとたくさん見つかります。

あとはそのスイッチをＯＮするだけです。

目次

きっと見つかる幸せスイッチ

第一章

「何より大事なのは、人生を楽しむこと、幸せを感じること、それだけです」

～オードリー・ヘップバーン～

1.「楽しい」時間を増やす

ご存知の通り、英語で「幸せ」は、HAPPYです。

でも、辞書をひいてもわかるように、このハッピーという言葉は、「幸せ」という意味の他に「楽しい」という意味があります。

I am happy といったら、

「私は、幸せです」という意味でもありますが、「楽しい」とか「嬉しい」という意味でもあります。

日本人の幸せは、なんだかしみじみと感じるもの、というイメージが強く、「『幸せ』で、連想するものは？」と尋ねると、温泉に入ったときの
「ああ、しあわせぇ」

という快感幸せや、年老いた夫婦が縁側でひなたぼっこをしながら、

「いろいろあったけど、幸せな人生やった」

という振り返り幸せ、と答える人が多いですが、もっと手軽に、たくさんの種類の「楽

しい」幸せを見つけた方が、総合点もあがるというものです。

悲しくないだけ、辛くないだけでは、幸せになりにくいもの。

ドリカムに「うれしい！たのしい！大好き！」という素晴らしい曲がありますよね。

僕は大好きです。

自分が楽しいこと、好きなことをノートに書きだしてみてください。

いくつ書けますか？

いくつでも構いません。

小さいことでもいいのです。

好きなアーチスト、お風呂、スイーツ、スポーツ、好きな場所……。

おそらく、誰でも考え続ければ100ぐらいあるはずです。

そして、リストができあがったら、その**「楽しいこと、好きなこと」を行動に移してください。**仕事終わりにやってもいいですし、週末の予定に入れてもいいです。

幸せについて、もんもんと考えているより、わくわくすること、楽しいこと、好きなことをたくさんやって、楽しい時間を増やしましょう。

ぐんと幸せ度があがります。

2. 歌う

誰かが鼻歌を歌っているとき、その人のことを

「今、機嫌がいいな」

と思います。

歌っているときは、誰でも上機嫌。不機嫌の人は、まずいません。

落ち込んでいるとき、不機嫌のときは、なかなか歌など歌う気にはなれませんが、それでも歌ってみると、そのうち、なんとなく気持ちが晴れてくるものです。

もちろん、悲しい気持ちのときに、明るい歌は歌えません。

だからこそ、悲しい気持ちのときのために悲しい歌があり、寂しい気持ちのときのために寂しい歌があります。

音楽の力を借りて、楽しいときも辛いときも歌を歌って気分を盛り上げることで、幸せスイッチは入ります。わざわざカラオケボックスまで行かなくても（もちろん、行ってもいいですよ）、好きな音楽を流し、それに合わせて歌ってみるだけで、気分がよくなって

くるものです。

歌詞がわからなければ鼻歌でも大丈夫。

特に朝、歌を歌って一日を始めるのがおすすめです。

朝起きてから、洗面、朝食まで、お気に入りの歌、今の気分に合っている歌を歌うのです。テレビなんかつけないで。

車の中はもちろん、一人で電車やバスに乗っているときでも、スマホばかり見ているよりもときには、頭の中で好きな音楽を流して、歌詞を追いかけていくのは、楽しいものです。

散歩の途中、お風呂の中、つまらない会議の途中（音を出さないように気をつけてくださいね）、頭の中で歌える時間は結構あるものです。

旅に出るときは、その土地の歌を歌うと旅の楽しさが倍増します。

そして、寝る前も、好きな歌を歌う。歌詞を見ながら、それを覚えながら歌ってもいいかもしれません。そして、その歌の、メロディーと一緒に歌詞を味わう。いい言葉を自分に歌ってあげましょう。そして、その詩を実現しましょう。

悲しくも寂しくもないときは、ぜひ、幸せな、元気になる歌を選んでください。

世の中には、失恋の歌がたくさんありますが、元気な歌も楽しい歌も嬉しい歌も、そして幸せな歌もたくさんあります。少しずつそういう歌を選んで**歌っていると、幸せが積もってくるもの**です。

ソラで歌える歌が多いのは、楽しいことです。

少なくても3曲は持っておくと、人生が豊かになる気がします。

歌って、ほんとにいいですね。

3．趣味を増やす

あなたには、わくわくするような趣味がありますか？

僕には、以前は趣味という趣味はありませんでした。

「趣味は？」

と聞かれると、

「音楽鑑賞、映画鑑賞、読書、旅行」

という四大フツー趣味を答えていました。

どれも好きには違いないですが、それも週末へ向けてわくわくする、というほどでもなく、趣味仲間というものもいませんでした。音楽は一人で聞くし、映画や旅行は家族で行くもので、どちらも楽しいだけど、趣味というのとは少し違うかな、と思っていました。

そんなときに、ある雑誌で大前研一さんが、「老後を楽しむためには、定年を迎えるまでに八つの趣味をつくれ」といっているのに出会いました。

その八つとは、

「インドア個人」

「インドアグループ」

「アウトドア個人」

「アウトドアグループ」

をそれぞれ二つずつの、計八つで、実際、大前氏は、スキューバダイビング、スキー、クラリネットなどの多趣味で知られています。

なるほど、これはいい。

氏は若いときから始めていたので、八つといいますが、僕は、まず四つでいいかな、と思い、また、少し変えて、「インドア家族」「インドア友人」「アウトドア家族」「アウトドア友人」の四つの趣味を見つけることとしました。50歳少し手前のときです。

この歳で、新しい趣味を見つける、始めるのは、結構勇気もいるし、なかなか腰があがりませんでしたが、楽しい老後、幸せな老後を目指し、本屋の趣味コーナーでいろいろ立ち読みしながら、自分でできそうで、経済的にも時間的にも続けられそうで、心が動くものをいくつか見つけ、月一回は、挑戦することにしました。

そうしているうちに老後でもできそうな趣味が見つかり始めます。

「インドア家族」として、夫婦でカラオケに行ってみたのですが、これが思っていたより楽しかった。お互い気を使わず、好きな歌を勝手に歌い（世代も近いので、だいたい知っている歌は同じ）、難しそうな歌も自由に挑戦し、うまくいかなかったら勝手に途中でやめても許される。最後の締めにデュエットなんか歌っちゃったりすると、なんだかとてもいい感じなのです。

「インドア友人」は、読書会をする仲間ができました。月に一回、読んだ本の中からおすすめの本を一人三分で紹介するのです。最後に、毎回のベストおすすめ本を皆で決めるのですが、本選びにも読書にも張り合いが出て楽しいものです。

「アウトドア家族」は、家族旅行。日帰りの範囲でも、いろいろ行ってみると楽しいものです。旅行というと、どこに行くか、どこを回るか、何を食べるかでもめがちですが、我が家のルールは、交替で行きたい場所を決めて、相手の回のときは、一切文句をいわず付きあうこと。自分の番のときは、一番行きたいところは妥協せずにつきあってもらう。そうすると、相手の番でも新しい発見があって楽しめるものです。

そして「アウトドア友人」は、登山。登山といっても、今は日帰りで行けるトレッキング程度ですが、いろいろチャレンジしたアウトドアの中で、僕は、これが一番合っていいました。何より頂上に着いたときの達成感、爽快感がたまらない。足腰を鍛えれば、健康にもいいし、長年楽しめそうです。いつかは、日本アルプス、スイスアルプスにも挑戦したいと思いながら、毎月楽しく登っています。

それぞれ月に一回ペースでやっているので、週末がわくわく待ち遠しくなりました。定年にも間に合って、これで老後も楽しく過ごせそうです。

今は、もう二つ、三つ、新しい趣味と、新しい仲間もできそうな気すらしています。

4．楽しいことを妄想する

セミの話をします。

毎年、梅雨が明けると、セミが鳴きだします。

「梅雨が明けたよ。夏が来ましたよ」

と、けたたましく鳴きます。

もちろん、生物学的には、セミは、気温のあがるのを感じて地上にあがり、鳴くのはオスの求愛行動で、腹にある器官を震わせているのだとしても、

「おお、今年も夏が来たねぇ。セミが元気だ」とセミを歓迎するのは楽しくないですか？

セミの種類によっても違うそうですが、よく知られるアブラゼミは、夏に木の幹や枝などに開けた穴に卵を産み、卵のまま木の中で一冬過ごし翌年の6月頃、ふ化して幼虫になります。そこからこの幼虫は、木を下り、土に潜る（！）。その後、半年から1年ごとに脱皮を繰り返して大きくなり、7年後に地上に出て、成虫になって、鳴き出します。

そして、1〜2週間の間に求愛し、交尾し、産卵し、一生を終えるのです。

これをあなたはどう思いますか?

かわいそう?

土の中に7年間もいることが?

地上でわずかしか生きられないことが?

そんなことわかりません。

もしかしたら。地中の7年間は、とてもとても居心地がいいのかもしれません。

そして、地上に出てからの1、2週間は、私たちには想像つかないぐらい、さらに幸せな時間なのかもしれません。

わからない以上、

「幸せだー、幸せだー、チョーキモチイーー!」

と鳴いていると思っていた方が、こちらも楽しいですよね。

我が家では、子供が小さいとき、よく動物園に行きました。その動物園で、子供たちに人気だった遊びが、動物の吹き替え(アフレコ)でした。動物の立場になってしゃべったり、ぼやいたりするのです。

うろうろしている白熊を見下ろしながら

「なーにか、落ちてないかなぁ。おなか空いたな。今朝のお魚、おいしかったなあ。ああ、暑い、そろそろ水の中に入ろうかな。と、思わせておいて、もうちょっとうろうろ……」
ゴリラ「おお、今日も人間たくさん来てるねえ。おっ、あそこにかわいい子がいるぞ。こっち見てる。もう少し集まってきたら、今日はサービスして少し木でも登ってあげようかな？」

もちろん、狭い檻に閉じ込められた不満や悲しみを表現することもできるけど、どうせ遊びだし、妄想だから、子供にも楽しい気持ちで過ごしてほしいと、いろいろな楽しい吹き替えをやって、こちらも楽しんでいました。

そう、妄想は自由なのですから、どうせなら楽しく妄想したいものです。

正しくないとか、科学的でないとか、そんな難しいことをいわずに、楽しい方へ楽しい方へ妄想を広げていけば、幸せになれます。本当のところはわからないのですから。

自分の将来や、世の中の未来についても同じです、

データ分析や専門家の予想に振り回されて、お先真っ暗の未来に心悩ませているより、妄想ぐらい、自由に、脳天気に、楽しく、幸せに膨らませたいものです。

誰にも迷惑かけるわけでもありません。

そんな妄想を繰り返していると、そんな楽しい未来が引き寄せられて、現実になることもあるものです。いいことを考えているといいことが起きて、悪いことを考えていると悪いことが起きるもの。

世界には、成功法則、幸せ法則を説いている人がたくさんいます。

例えば、

・ロバート・シューラー博士（京セラ会長の稲盛和夫氏もおすすめ）

・ジョセフ・マーフィー（成功哲学の大家。多くの訳、解説本が出ている）

・中村天風（経営の神様、松下幸之助氏も信奉した人生哲学者。「できると信じれば、できるようになる」）

これらの人は、表現は違うけど、ほぼ同じことを語っています。

つまり、「思ったこと、考えたことが現実化する」ということ。

僕は、本来、根はあまりポジティブではなく、心配性で、悪い方向に考えがちだったのですが、これだけ多くの成功者、幸せな人が同じことをいっているのを知って、徐々にいい未来を考えるようになりました。そして、次第に、現実もよくなっていきました。

いいことを考えるようにする練習として、実践したのが、身の回りのあるものの楽しい妄想です。

いいことを考えているといいことが起きる。
楽しいことを考えていると楽しいことが起きる。
幸せなことを考えていると幸せになる。

窓の外では、セミが楽しそうに鳴いてます。
「ひゃっほー！　夏だぜ！」

5. 犬を飼う

僕は、子供のときは、動物が苦手でした。

と、いうより、怖かったのです。

両親ともに、動物が苦手で、

「ほえるぞ」

「かみつくぞ」

「臭いぞ」

「あたりかまわずおしっこするぞ」

と、脅かされてきたので、ペットを飼うどころか、友達の家にいる犬猫ですら、びびって近づかなかったものです。当然、向こうも寄り付かない。永遠にご縁がないものだと思っていました。

妻が、大の犬好きだと知ったのは、プロポースをしたあとでしたが、

「まあ、いつ転勤で社宅に入るかわからないし、海外もあるかもしれないからねぇ、ペッ

トはねえ……ちょっと……」

とけむに巻いて、しばらく封印していました。

当時のマンションは、大方ペット不可でしたので、そのまま検討の外に置かれたまま、妻も諦めていたようでした。

きっかけは、娘が小学校2年生のとき。ヒステリー気味の先生が担任になって、次第に学校に行かなくなり、心療内科に通い始めた頃でした。ペットを飼うと、元気になることがある、ということを聞き、僕も娘のためにできることは、と、観念して、散歩につれていかない、うんこは拾わない、という条件のもと、ペットの飼えるマンションに引っ越し、子犬が我が家にやってきた、というわけです。

あとは、ご想像の通り、部屋中、おしっこするのには困ったものの、あまりの可愛さに、僕もメロメロになってしまい、子犬が僕の布団に潜り込むようになると、僕は白旗をあげ、いつの日か散歩は進んで行き、うんこもほいほい拾うようになっていました。

犬のおかげだけではないでしょうが、娘も元気に学校に行くようになり、家族の団結も強まり、夫婦げんかも減り、僕も目を細めることが増えていきました。これを幸せと呼ばずしてなんと呼びましょうか。

犬には、味はわからない、というのは嘘です。おいしいときは、おいしそうに食べるし、おいしくないときは、仕方なさそうに食べます。

犬には人間のいっていることはわからない、というのも嘘です。たとえ、言葉はわからなくても、こちらの表情、気配、思ったことは、読んでいます。おやつをあげようと思っただけでシッポを振りますし、犬を置いて出かけようとすると、悲しそうな顔をします。そろそろ散歩に……と思った瞬間に立ち上がって、玄関に走っていきます。

犬は笑わない、というのも嘘です。満面の笑みで笑います。そして見つめ合うと、気持ちが通じます。

犬は、無邪気で、甘えたり、すねたりしますが、裏表がありません。ずっと2〜3歳の子供のままの家族なのです。

僕の先輩で、犬を飼っているから、という理由で、海外転勤を断り、人事を激怒させた人がいますが、その人の気持ち、よくわかります。犬を飼っている人にはわかる、人と犬の深い絆というのがあり、犬が幸せなとき、人も幸せな気持ちになれるのです。

飼うのは、猫でもいいと思います。僕は犬しか飼ったことがないから、よくわかりませんが、猫好きな人も、幸せそうに自分の愛猫の話をします。興味がある方は、猫を飼っている人に尋ねてください。とにかく、ペットを飼っている友人と話していると、皆、幸せそうです。

なんだか、ただ愛犬への愛を語ってしまいましたが、幸せスイッチの選択肢の一つとしてのご提案です。

6. お風呂を楽しむ

少し前になりますが、「テルマエ・ロマエ」という映画が話題になりました。原作は、ヤマザキマリさんの描いた漫画で、映画では日本人離れした顔の阿部寛さんが古代ローマからタイムスリップして現代の日本とローマを行きつ戻りつしながら、ローマと日本に共通するお風呂文化、その素晴らしさと効用、楽しさについて語る名作でした。

幸せになりたい人は、まず、このコミックを読んでみて下さい。ストーリーは軽快にユーモラスに進みますが、一巻読むたびに、猛烈な入浴欲にとりつかれること間違いなしです。そして、日本に生まれたことに深く感謝することにもなります。それほど、お風呂の素晴らしさを源泉かけ流しのように熱く語ってくれる名作なのです。

ところで、世界幸福度ランキングに連続で上位に輝くフィンランドも、ご存知の通り、サウナ文化を誇ります。湯船に入るか入らないかの違いはあれど、仲間と一緒に体を温め、汗を流し、衛生、健康を保つという点は共通しています。

それなのに、今、多くの忙しい日本人は、シャワーで入浴を済ましている人が多いそうです。湯船に入ることは健康にいいとは知っていても、時間がない、お湯を張るのが面倒、お風呂洗いが面倒、風呂上がりに汗をかくのが嫌などの理由で、シャワーで済ませてしまうとのこと。

もったいない！

実は、かくいう僕も、20代はほとんどシャワーで済ませていましたが、それは、体調も優れず、幸せでもなかった頃の話。湯船にゆっくり浸かって、一日に一度はしっかり体温をあげることの効用を学んでからは、すっかり心を入れ替え、毎日欠かさず湯船にたっぷり浸かっています。風呂上がりの汗はべたべたではなく、さらさらしていることを知ってからは、夏でもしっかり入浴するようになりました。

乾燥した欧米ではシャワーでもいいでしょうが、湿度の高く、温度差がある日本には、やはり風土に合った風呂文化が、心身の健康のためにも、ぴったりです。

おかげで十代のときから長年苦しんできたお腹の調子もよくなりましたし、風邪もひきにくくなりました。汗もたくさんかいて新陳代謝も改善し、寝つきもよくなり、毎朝の目覚めもよくなって、いいことだらけです。

もし、お風呂の効果について科学的に納得したいなら、バスクリンのＨＰを一読することをおすすめします。さすが、昭和5年から入浴剤を売り始め、一年中、お風呂のことを考え続けているプロだけに、疲労回復、お肌ケア、ダイエット、むくみ、冷え性、腰痛、肩こり、ストレスの改善から免疫力アップまで、あらゆるお風呂の効果についての検証結果を紹介しています。

温泉もスーパー銭湯もサウナもいいですが、やはり毎日の入浴の積み重ねが大事。日本には、世界に誇るあまたの入浴剤があり、家庭にいながら温泉の気分を楽しみ、その効果を増やすことができるのです。

僕は、家ではもちろん、国内でも海外でも旅行や出張に行ったときでも、入浴剤を持参し、ゆっくり体を温めるために湯船にお湯をためて入るようにしています。

お風呂が健康にも幸せにも効果があるとわかっているのに、入らないのは、真剣に幸せを目指していないのと同じことです。

7．楽

　どういうわけか、世の中には、とにかく、なんでも人のせい、世の中のせい、社会のせい、政治のせいにする人がいます。こういう人は、また、人の悪口、陰口もすごいです。

　ネガティブな言葉のレパートリーを豊富に持ち揃えていて、

「つかれた」

「きつい」

「めんどう」

「損した」

「忙しい」

「誰々のせいで」

「あのひとさえいなければ」

「あのとき、あのひとがあんなことをいったから」

　と、感心するほど、毒を吐き続けます。

あなたの周りでも、誰か思い浮かびますか？

どうしてそうなってしまうのか、そうなってしまったのか、は考えても仕方ありません。きっと、いろいろな理由があるのでしょう。でも、そういう人で、幸せそうな人は、ほとんどいません。

どうしてそうなってしまったのかは、わからなくても、実は、どうしてそうし続けるのかは、わかります。

何か文句をいって、誰かひとのせい、何かのせいにしていたほうが、「楽」なのです。

仕事でも、商売でも、勉強でも、スポーツでも。

どうしたらいいか考えなくていいですし、頑張らなくていい。努力もいらない。自分は悪くない、責められない、安全で、楽ちん。うまくいくと、誰かが手を差し伸べてくれるかもしれません。

その代わり、成長もしないし、達成もありません。

「楽」ばかりを追求しても、いいことは「楽」なだけで、いいことはありません。

「楽」と「楽しい」は同じ漢字ですが、この2つ、あまり両立することはありません。

「楽しい」ことって、何かしら動かないと、手間をかけないと、起きません。

だから、いつも「楽」を選んでいると、「楽しい」ことは離れていきます。

「楽しい」ことが離れていくと、「幸せ」も離れていきます。

繰り返しになりますが、英語のHAPPYには、「楽しい」と「幸せ」、両方の意味がありますよね。

だから、「楽」を求めて、誰かのせい、何かのせいにしない。

自分ができることを「楽しく」精一杯することが、幸せへの入り口です。

すると、心は「楽」になっていくものです。

第二章
「いい言葉は、いい人生をつくる」

〜斎藤茂太〜

8.「ありがとう」を一日30回、口に出していう

真偽のほどは、わかりませんが、マクドナルドのマニュアルで、ハンバーガーだけを注文した客には、

「ご注文、ありがとうございます」

といった後、すかさず、

「ご一緒にポテトはいかがですか？」

と尋ねることになっているそうです。

すると、多くの客がポテトを注文するとか。

どこまで計算しているのかはわかりませんが、

「ありがとうございます」

という言葉を聞くと人の脳は気持ちよくなって、軽い恍惚状態が起き、そのあと何かをすすめられると、従ってしまう、とある心理学の本に書いてありました。

それだけ、「ありがとう」という言葉には、人を心地よくする力があるようです。

しかも、聞いた人だけでなく、いった人にも。

「ありがとうを一日30回いう」というのは、僕の恩師がいつも若い人に贈っていた言葉ですが、実際、やってみると一日30回は、そう簡単ではありません。家族や友達や会社の同僚に普段、何気なくしてもらっていることにも、改めて目を向け、感謝することでようやく30回になりますから、感謝への気づきが増します。

大切なのは、「ありがとう」を、相手の目を見て、笑顔でいうことです。最初は、照れくさいかもしれませんが、次第に慣れますし、楽しくなってきますので、続けてみてください。離れている人には、電話でもいいですが、そのときも笑顔で。笑顔は電話でも伝わります。お礼の電話、って、いいものですよ。

神様や天に向かって、「ありがとうございます」もいいことです。

感謝の言葉は、身近の人にいうのを忘れがちです。特に、家族。

例えば、自分が親になって初めて親のありがたみ、苦労がわかる、といいますが、それに気がついたときに、ぜひ

「長い間、ありがとう」

という言葉を添えてみてください。どれだけ、親は喜ぶでしょう。

夫婦間で、人生のパートナーへの感謝は、もっと大事。もともと、生まれも育ちも違う、赤の他人です。縁があって、一緒になったのですが、何もかも価値観が一緒で、ストレス無く過ごすということは、まずありません。もし、あなたがそう思っているなら、それは相手がよほど我慢しているのかも。

だからこそ、一つひとつしてもらったこと、頑張っていることに対し、感謝の言葉を形に、口にすることが大切です。

職場でも、「ありがとう」は、上司にも部下にも、同僚にも、仕事相手にも、いえばいうほど、いい仕事ができるようになります。メールやチャットでも、何か感謝することを思いだし、「ありがとう」を1行付け加えると、受け取った人は気持ちがいいものです。

人に何かしてもらったときに、「すみません」というのが口癖の人は、これを「ありがとう」にいい替えると、ぐっと会話が豊かになります。

「ありがとう」を一日30回。

ぜひやってみてください。

9.「めんどくさい」といわない

この世には、やたらと「めんどくさい」と口に出す人がいます。

そして、こういった人には、だらしのない人が多いもの。

約束を守らない、片付けをせずにいつも散らかっている、忘れものやさがしものが多い、身だしなみがだらしないなど、きちんとせずに困ったことばかり。

そして、だらしのない人が、なぜきちんとしないかというと「面倒くさいから」というのが圧倒的に多いのです。

うちの娘が小学校低学年の頃、突然、何に対しても「面倒くさい」といい出したことがありました。何かのテレビ番組で流行っていたのか、学校に「面倒くさい」とよくいう友達がいたのかはわかりませんでしたが、とにかく、片付けから宿題から家の手伝いから、果ては外食からお風呂まで「面倒くさい」というのです。

このままではいけない、と思って、長い時間をかけて話を聞いたところ、

「お父さんだって、いうじゃん」

といわれてしまいました。そこで、

「お父さんと一緒に、『めんどくさい』といわないように気をつけよう！」

という約束をしました。

幸いにして、まだ幼かったからか、素直に聞いてくれまして、次第に娘の口から「面倒くさい」は減っていってくれました。

この約束は、思わぬ成果を生みました。

娘と約束した以上、自分でも禁句にしようと思った「面倒くさい」を、会社でも家庭でも、口に出すたびにはっとさせられるのです。

上司への報告でも、書類のやりなおしでも、机の片付けでも、子供の宿題の手伝いでも、思わず「面倒くさい」と思ってしまうとき、「そうだ！」と約束を思い出し、より丁寧にやり遂げられるようになったのです。そして、そのことでいろいろなことがうまくいくようになっていったのです。

人生には、ほんとうに面倒くさいことが多いもの。

でも、世の中で幸せに暮らしている人や、成功している人は、たいてい、この「面倒くさい」を克服しています。そして何をするのでも丁寧。だらしがないけど幸せ、面倒くさがりだけど活躍している、成功した、という人はまず聞きません。経営者でも、アーチストでも、スポーツ選手でも。

今にして思えば、「面倒くさい」は、テレビでも学校でもなく、当時の僕の口癖だったのです。

娘のおかげで、「面倒くさい」を克服でき、「だらしがない」からも抜け出すことができました。

なんともありがたい、幸せなことです。

10．名言集ノートをつくる

本や雑誌を読んでいると、ときどき、どきっとする言葉に巡り合うことがあります。あるいは、テレビや映画でも、心に染みる、いいセリフに出会うことがあります。でも、たいていの場合、僕たちは、そんな言葉とすれ違って、やがて忘れてしまい、もう二度と会うことはありません。

これって、もったいなくないですか？

僕が、すごいな、と思う人の多くは、メモ魔です。会話の中で気になった言葉、読んでみたい本、会ってみたい人などの名前が出てくると、すぐどこかにメモをします。スマホに入力する人も多いですし、本だとネットでその場で注文する人もいます。どこかで食事中で、そのとき手元に手帳も何もない人は、ナプキンに書いたりもします。そうやって、いろいろな言葉や知恵や知識を貪欲に集めて、もっと人生を豊かにしています。

読書中に感銘を受けた言葉も、本を読み終わったときには、忘れてしまいがちです。これもったいない。もう一度読み直せばいいですが、なかなか同じ本を続けて読み返したりはしないものです。

僕は、本は、自分への投資だと割り切って、気になる言葉があったら、そのページの角を折ってしまいます（ドッグイヤーというそうです）。そして、読み終わってから、折ったページをめくって、気になった言葉（あるいは、続いて読んでみたい本、調べてみたいこと）を手帳や専用のノートに写すようにしています。

あとで書き移しの多い本などを、もう一度読み返すと、前回角を折り曲げていなかったページに新しい発見があったりします。前回、見落としていたか、自分が成長したかのどちらかなのでしょう。１０００円の本でも、二回読めば一回５００円、四回読んだら２５０円です。

このノートに、テレビや映画や、人の話で「いいな」と思った名言メモもはさんでおきます。そして、年末には、その中から、選りすぐって覚えておきたい言葉をさらに「名言集」として、別のノートに写します。正直にいいますが年末に書き写すときには、書いたものを忘れてしまっていることの方が多いものです。でも、自分で感銘を受けた言葉だから、やはり年末にもいい言葉だなあと思います。そうして、それを何年も繰り返すと、自分の「名言集」ノートができます。

迷ったとき、自信を失ったとき、落ち込んだとき、いらいらするとき、傷ついたときなど、このノートを読み返すと、どれだけ励みと自信になるか。何しろ自分で選んだ言葉です。忘れていても、もう一度、自分のスイッチを入れてくれます。

日々新たなり
意志があるところに道は開ける
成功の花は、諦める一歩先に咲いている

元気のない時間が短い方が、幸せな人生です。
この「自分が選んだ、自分のためだけの名言集」こそ、大きな幸せスイッチとなってくれます。

11. コーヒーがいいです

「コーヒーにしますか、紅茶にしますか」
と聞かれると、
「コーヒーでいいです」
「紅茶でいいです」
と答える人が意外と多いものです。
英語だと、
“Cofee or Tea?”
に対して
“Cofee, please” か
“Tea, Please”
になるのですが、
どうして、「コーヒー〝で〟いいです」となるのでしょう。

これはまるで、本当は、コーヒーでなくてもいいのだけど、妥協して、今回はコーヒーで我慢します、といわんばかりですよね。

そんなに人の言葉尻をぐちゅぐちゅと面倒な人だな、と思われるかもしれませんが、「で」といわれた方は、あまりいい気持ちはしないものです。

本当はココアが飲みたいのだったら、「ココアはありますか?」と尋ねてみたらいいですよね。それでもしなかったら、コーヒーと紅茶のいずれかから選んで

「コーヒーでいいです」

となるのなら、まだわかります。

でも、本当は、コーヒーが飲みたいのに、なんとなく習慣で

「コーヒーでいいです」

といっているのなら、

「コーヒーがいいです」

ということをおすすめします。

小さいことでも、自分が選んだものを相手にお知らせすること、とても大事だと思います。

「で」というのが、習慣になっている人は、何につけても自分で選んだのではなく、仕方がないから、または、他に人に合わせて、という考えになっているかもしれません。

ささいなことでも、日常の小さい選択から、自分が本当にしたいことなのか、本当に欲しいものなのか、歩みたい道なのかを、自分でよく考えてから選んで進むことが、幸せにつながる道です。

もしかしたら、自分で決めることに慣れないうちは、小さいことでも自分の意志ではっきり決めるのも時間がかかるかもしれません。

ご飯か、パンか。

山か、海か。

青か、赤か。

面白そうな道か、楽そうな道か。

人に相談するのは、いいことですが、決めるのは自分です。

そして自分で決めたことは、「こちらでいいや」や「とりあえず」などといわず、「こちらに決めた」、「こっちにする」とはっきり自分に宣言すること。

もしかしたら、あとで、「ちょっと失敗した」と思うかもしれません。それでも自分で決めた以上、悔やまない。ましてや人のせいにしない。「これで、いいのだ」と受け止めることで、次の選択がもっと上手になることでしょう。

人生は、選択の連続です。

一つひとつの選択を大事に行うことで、選択が上手になっていき、大きな選択でも、悔いの少ない選択ができるようになっていきます。

そのために、まず、やることは

「コーヒー〝で〟いいです」といわないこと。

「コーヒー〝が〟いいです」です。

あなたは本当にコーヒーが好きで選んでいますか?

12. Ｙｅｓという

しばらく前のことになりますが、散歩の途中で近くの公園のベンチで休憩していたときに驚く風景を目にしました。

上品そうなお母さんと男の子の親子が、公園に入ってきて、男の子が、ちょっと楽しい形のジャングルジムを見つけて走り出した途端、お母さんが

「こら！　走ったらダメ！　危ないでしょ！」

公園ですよ？

男の子は、走るのをやめ、歩いてジャングルジムに向かう。ジャングルジムに着いたら、当然、登り始めるのですが、すると、また

「だめ、登ったら！　落ちたらどうするの！」

公園で走ってもだめ、ジャングルジムに登ってもだめ。

少し遠かったので、その子の表情までは見られませんでしたが、一体、この子の人生に何が待ち受けているのだろうか、と考えてしまいました。

なんでも「ダメ」といわれるのは、ごく普通のことなのでしょうか。
「さわったらダメ」「騒いだらダメ」「してはダメ」
学校でも、なんでも今や「ダメ」、禁止事項のオンパレードとなっているようです。どこかで何か事件が起きると、その責任が厳しく追及され、その再発防止のために、その行為を禁止する。そして、その事件が共有され過大解釈されて、起きてもない場所での似たような行為も、念入りに禁止される。
もちろん、本当に危険だったり、他の人の迷惑になるので禁止した方がいいこともたくさんあるでしょう。
でも、何か事件が起きるたび、ダメなことが増えてきて、
シャープペン禁止
マフラー禁止
帰宅時寄り道禁止
などといわれると、「羹《あつもの》に懲りて膾《なます》を吹く」なんて古いことわざを思い出してしまいます。
「校則」などでネット検索すると、全国の不思議な校則がこれでもか、というほど出てきます。一つひとつの校則には、それぞれいろいろな事情があるのでしょうが、有名な「恋

愛禁止」や「下着は白」などは、それを発想すること自体、そら恐ろしいものを感じます。

社会でも問題になってきているそうなので、それをこの場で擁護も糾弾もするつもりもありませんが、僕たちの多くが、子供のときから、ずっと「それしちゃダメ」とたくさんいわれて育ってきたことは、認識しておいた方がいいと思います。

「ダメ」といわれ続けて、何か新しいこと、楽しいこと、したことないこと、をせずに来た人が大人になるとどうなるでしょうか。今度は、やはり、他の人にも、自分にも「ダメ」といい続ける人になるのだと思います。

「でも」「いや」「むり」

などと、よく考える前に否定するのが習慣になってしまう。そんな人があなたの周りにいないでしょうか。あなたもそうなっているかもしれません。

もしかすると、新しいこと、何かを変えること、失敗するかもしれないことに、自分で「ダメ」と思って、挑戦しないことは、世の中を安全にするのかもしれません。

でも、それが世の中をよくしていくのでしょうか。皆を「幸せ」にするのでしょうか。

僕は、断然、多少の失敗のリスクがあっても、「やってみる」風潮の世の中、挑戦する人生の方が幸せな気がします。

『幸せのメカニズム　実践・幸福学入門』（前野隆司・講談社現代新書）にも、幸せの四つの因子として、

「ありがとう！因子」、「なんとかなる！因子」、「あなたらしく！因子」とともに、

「やってみよう！因子」

が挙げられていて、「自己実現と成長」が、幸せの重要な要素であると述べられています。

「ダメ！」はなかなか手ごわい習慣です。

なにせ、子供の頃から刷り込まれてきているのですから。

「ダメ！」という方が簡単な場合の方が多いかもしれません。

だから、「ダメ！」の支配から自分を解放するのには勇気と覚悟が必要です。

「やってみよう」に、長い間刷り込まれた「ダメ！」がブレーキをかけないように、勇気を持って「Ｙｅｓ！」といいましょう。

自分にも、他の人に対しても「Ｙｅｓ！」ということで、幸せスイッチがＯＮになるはずです。

13. 挨拶の名人になる

僕の勤めている会社のビルに、いつもすごく気持ちよく挨拶をしてくれる人がいます。

エレベーターを待つ間、エレベーターの中、降り際。

元気な笑顔での
「おはようございます!」

から始まって、

「暑い日(寒い日)が続きますね」

「おニューのシューズですか?」

「台風心配ですよね」

「表の紅葉、きれいですね」

と、誰にでも、挨拶に続いて、ひとこと言葉を加えてくれます。

別れ際の笑顔も素敵で、この人に会えただけで、なんだかいい一日な気がします。

一度、勇気を持って、この方に

「いつも温かい挨拶をありがとうございます。おかげさまでとても元気になれます」

というと、いつもよりさらに素敵な笑顔で
「まあ、ありがとうございます。嬉しいです」

といってくれて、こちらをさらに幸せな気持ちにしてくれました。

さすがです。

ほんの数秒の挨拶だけで、人をいい気持ちにさせることができたら、きっと自分もいい気持ちになるに違いないと思って、この方を見習って、挨拶の名人を目指すことにしました。

が、そう簡単ではありませんでした。

まず、結構な割合で、スルーされてしまいます。

勇気を持って、

「おはようございます」と声をかけても、

「……」

「今日も暑そうですね」

といっても、

「……はあ」

と迷惑そうにされることもしばしば。

これが結構、傷つき、心萎えます。

いやいや、名人もきっとこれを乗り越えてきたに違いないと思って、また勇気を振り絞って続けていく。すると、少しずつ反応が出てきたりします。中には、とても楽しく挨拶や言葉を交わせる人が出てきます。

そうしているうちに、自分が挨拶をすることの「見返り」を求めていたことに気づかされました。見返りを求めなければ、返事がなくても傷つくことも心萎えることもありません。

少し調子が出てくると、加えるひとことにバリエーションをつけることができるようになります。

「暑いですね」「寒いですね」って、続きますから、ああ、昨日もいったな、というふうに。

四季があって、豊かな自然のある日本のありがたさで
「桜、もうすぐですね」とか
「アジサイが……」とか

「北風が……」など。

花粉もＰＭ２・５ですらネタになります。

これが楽しくなってくると、相手を楽しく、気持ちよくさせることが快感になってきます。

職場でも、取引先でも、

「この人、どんなことばをかけたら、喜んでくれるかな」

などと考え始めます。

一番、喜んでもらえる言葉は、もちろん、「ありがとう」です。

でも、突然「ありがとう」では、わけがわかりません。

何に対しての「ありがとう」かを添えると、きちんと相手に届きます。

そのためには、相手のことをよく見て、その人が自分にしてくれたことを見つけ出すこと。

タクシーの運転手さん、
同じマンションに住んでいる人、
いつもいくコンビニで一生懸命働いているアジアのどこかの国の人、誰でも挨拶にひとこと、具体的な「ありがとう」などを加えて、相手が喜んでくれたら嬉しいものです。
それは、何より自分の幸せスイッチだったりします。

第三章

「しあわせはいつもじぶんのこころがきめる」

〜あいだみつを〜

14. ベーコン活用法

「ベーコンはカリカリに限るね。カリカリに揚げたベーコンに半熟たまごの黄身を少し絡めて……」と、尊敬していた先輩がいって以来、僕も、ベーコンはカリカリが定番です。おいしい朝食は、幸せな一日のスタートに欠かせません。

……というのも、本当ですが、この本題は、そのベーコンではありません。

高校時代、倫理社会か歴史で突然出てきた、17世紀のイギリスの哲学者フランシス・ベーコンです。この人は、何で有名かというと、「帰納《きのう》法」の元祖で「知は力なり」という言葉を残したことで知られています。

思いだすのは、学生時代に、「帰納法」＝ベーコン、「演繹《えんえき》法」＝デカルト、はテストに出るから、覚えておけ、といわれたことです。どういう考えかの説明もあったのでしょうが、その後、すっかり忘れてしまっていました。覚えているのは、せっかく暗記していたのに、テストでは演繹の「繹」の字を間違えて減点されたことです。

それ以来、ベーコンさんとも、デカルトさん（我思う、故に我あり、で有名なおじさん）

ともご縁がないまま数十年の時は流れていきました。

＊　＊　＊

社会人になって気がついたことの一つは、世の中には本当にいろいろな人がいるということでした。学生時代の狭い世界から比べれば当然ですが、知らないことも、知らない考え方もたくさんありました。いろいろな人がいろいろな経験をしていて、いろいろな考えを持ち、いろいろな人生を歩んでいることを学びました。

そんな中、さて、自分はどういう人生を歩みたいのか。選ぶのか。

三十歳頃にも、1か月ほど入院したことがありましたが、そのとき、初めてそんなことを考えました。

どういう人生を歩むのかを考えるとき、気がついたのは、周りのいろいろな人の生き方の中で、こんな風になりたい、あんな人生だといいな、と思える人と、そうでない人がいるということでした。そして、なりたい人生コースを歩んでいる人の真似をすれば、もしかしたら、そんな風になれるのではないかということを思いました。とても単純です。小さい子供があこがれの兄ちゃんの真似をするようなものです。

自分がなりたい人たちの話し方、口癖、プライベートの過ごし方、あちこち貼り合わせて、話し方の真似をしてみたり、食べ物の好みまで聞いてそれも真似することにしました。

朝早く出勤すること。

スーツとネクタイの色（グレーのスーツに派手なネクタイ）。

人の意見には、賛同しなくても、「いいね」ということ。

居酒屋に行くと豆腐をたのむこと。

お墓詣りを大事にすること。

真似してみて、馴染めずにすぐやめてしまったものもあれば、今でも続いている習慣もあります。本をたくさん読むことも、このときに学んだことの一つです。

「テーマごとに本を数冊読んで、大きくわかっておくと、新聞は毎日読まなくても先が読める」というのは、ある読者家の先輩から教えてもらったことでしたが、全くその通りでした。

「学ぶ」の語源は、「真似ぶ」だといいますが、なるほど、と腹に落ちます。徳川家康もいいと思ったものは徹底して真似たらしいです（そして天下を取りました）。

そして、次第に、身近な人からだけでなく、本の世界で出会った、素晴らしい人の真似もするようになっていきました。

『思考は現実化する』（ナポレオン・ヒル著）には、顔を見たことも名前を聞いたこともない人の成功談が、これでもか、というぐらい出てきます。

「なるほど。世の中で成功している人は、皆、成功すると信じてそうなっているのだな」ということも学びました。

要は、信じられるかどうかの問題です。

例えば、毎日、なんとかその日暮らしをしている人が、億万長者になれると信じられるかというと、これは相当難しい。まず、億万長者なんて人に会ったこともないし、話したこともなければ、見たこともないはずです。

でも、億万長者という人に会ってみたり、話を聞いたり、その人の書いた本を読んでみたら、少しはイメージができるかもしれません。

幸せも同じこと。

もし、今、幸せを感じられないなら、少しでも、幸せな人に会って、話を聞いたり、話したりすることです。こんな人になりたい、なれる気がする、きっとなれると信じられれば、少しずつ、いつかそんな人になれるものです。

「こういう人になりたい」という目標を持つことは、自分を磨く励みにもなりますし、頑張りの原動力にもなります。

困ったとき、辛いときに乗り越えるパワーの源にもなるはずです。

どういう人生を送りたいかがはっきりわかっていることで、いろいろな悩みの答えも出てきます。

そして、幸せにも、一歩近づくことができます。

だから、最初の一歩は、どういう人になりたいかを決めること。

幸せな人だって、いろいろな幸せがあります。自分がなりたい幸せな人を見つけて、こういう人になりたい、と思うことが第一歩です。途中、もっとなりたい人が見つかったら、その新しい人に乗り換えます。別に失礼でもなんでもありません。もしなりたい人に追いついたと思ったら、もっと幸せな人を見つければいいのです。

さて、そんなふうにして、いつの間にやら50歳後半になりましたが、今ふりかえってみて、いろいろなりたい方の真似をしてきてよかったと本心から思っています。スーツの色や歯磨き粉の銘柄やベーコンの焼き方を一緒にするなど、全く科学的ではありませんが、少しでもなりたい人の真似をしていると、その人に近づいていくのは経験値で正しいと断言できます。

ベーコンさんが唱えた帰納法とは、「個々の具体的事実から一般的な命題ないし法則を導き出すこと」と『広辞苑』にあります。幸せな人、幸せそうな人を見つけて、その人のふりや習慣、考え方、口癖などを真似していれば、いつか幸せになれる、というのが、ベーコンさんの帰納法を活用した幸せスイッチです。

知は力なり。

あなたの周りの、あなたが一番なりたい幸せな人はだれでしょう。その方に声をかけ、話を聞くのが最初のスイッチです。

15．１００点を目指さない

小学校に入ってからずっと長い間、僕たちは「テスト」というものを受けさせられてきました。全部正解すると１００点。全部間違えるか、答えられないと零点です。

１００点を取ると褒められます。零点だと、たいてい叱られます。そして、このテストは、すべての科目で行われます。驚くことに体育や音楽などでも、テストがあって、点数がついて、１００点を目指すようにいわれていました。

算数、数学は、まだいいです。問題に対して答えが一つあります（A君がリンゴとミカンを合わせて15個も買わされたり、時計の長い針と短い針が合わさる時刻を調べたり、忘れ物をした弟を兄が自転車で追いかけるなど、その後の人生で、今まで一度も遭遇したことのない話ばかりでしたが）。

理科、社会では、都会で見えない星座の名前や、見本でしか見たことのない石、行ったことも行く予定もない国の山や川の名前を覚えるより、科学の楽しさや世界の広さについて教えてほしかったものです。

国語は、読み書きは大事ですから漢字テストぐらいあってもいいですが、下線部の主人公の気持ちを30字以内で書くことなんて、きっと作者だってできないと思います。

とにかく、なんでもマルかバツか、正しいか、正しくないか、で、社会に出るまでずっと評価されてきたのです。

それがどうでしょう。

社会に出たら、いつもマルのもの、絶対正しいものなんて何もありません。いくら優れたものでも、必ずもっといいものがあります。いくらいいもの、計算通りにできたものでも、お客様が買ってくれるとは限りません。失敗だとしても、諦めずに続けると光が見えてくることなんていくらでもあります。どんな精密機械だって歪んでいるところはありますし、クリーンルームだって１００％無菌ではありません。裁判でも勝った方が１００％正しいとは限りません。すべての人を満足させられる商品だってありませんし、いくらで仕入れられて、いくらで売れるかなんて、誰も「正しく」予測することなんかできやしません。

まして、いくら子供にたくさんテストをさせたからといって、１００点を取ったからといって、その子が将来、幸せになるかなんて全くわかりません。

テストで100点を目指すのはいいけど、世の中にそんなものはないということを教えてあげたいものです。

子供の頃から、なんでもマルかバツか、のデジタル教育を受けてきているから、社会に出てから戸惑うのも当然のような気がしますが、正しいか正しくないかではなく、損するか得するかではなく、皆が、どうしたら世の中がもっとよくなるのか、どちらが世の中にとって、幸せか、そうでないかで考えるようにしたら、皆もっと幸せになれるのではないでしょうか。

16. 変人になる

最近、ダイバーシティという言葉を耳にすることが増えてきました。

「みんなちがって、みんないい」（金子みすゞ）と同じような意味で、とてもいいと思います。女性、外国人、ＬＧＢＴＱの権利のことを指すケースが多いように感じますが、それに加えて、「変わった人」というのは、どうでしょうか。

思えば、僕たちは、子供の頃から、

「ほら、みんなを見てごらんなさい。いい子にしてるでしょ？」

といわれ、なるべく皆と同じふるまいをするようにいわれ、目だたないように躾けられてきました。

ちょっと人と違うことをすると、

「変わってるわね」

「なんだ、こいつ、メダトー精神、発揮しやがって」

などとつまはじきにされたものでした。

一般に日本人は均一化を好む、といわれます。

確かに、他の人が、自分と違うことをすると、これでいいのかな、と、居心地が悪くなったり、不安になるものです。

そして、親が、ちょっと変わった人のことを悪くいうと、子供にもそのような価値観が育っていきます。

従って、そういう変わったことをする人、変わった考え方を持つ人は、矯正されるか、排除されるか。

つまり、たいてい、いじめの対象となってしまうのです。

金子みすゞが

「みんなちがって、みんないい」

と詩で訴えたのは、もう100年近く前ですが、もうそろそろ、変わった考えを持ち、変わったことをする人でも、人に迷惑をかけなければ認められる時代にならないかな、と願います。

江戸時代には、変わり者は家族、親族、隣近所で家の内に封じ込めていたといいます。

さらに、あまりに変人ぶりが過ぎると代官所に呼ばれ、白洲でお裁きを受け、人に迷惑

をかけず、何かに優れていると認められると
「奇人」

とのお裁きが出て、以降、そのレッテルで自由に振る舞える慣習があったらしいのです。

なんだか素敵じゃないですか?

現代でも、自己紹介する時に
「変わり者です」

と先手を打っておくとどういう発言や行動をとっても、周りの人も、

「ほんとだ、変わってる……」

と、喜んでくれます。

第一、自分で変わり者、といった以上、周りの目を気にしても仕方ないので、そこからも自由に振る舞えるのです。

ましてや、こんな変な世の中ですから、もしかしたら変わっている方が、まともなのかもしれません。


僕は、20年来、「変人会」という会合に参加しています。今の日本社会では、とても変

わった、でも素敵な変人揃いで、毎回、とても楽しく、元気づけられます。
あなたも勇気を持って「変人」になってみてはいかがでしょうか？

17. 嫌いな人のことは考えない

幸せの敵は、たいてい人間関係の悩みです。

もっとストレートにいえば、嫌な人の存在です。

嫌な人がいると、不思議なことに、一日中その人のことが頭を離れません。

失恋したときもそうですが、忘れたい相手が頭から離れないのは、本当に苦しいものです。

それでも、寝ても覚めても、ふと相手の顔が思い浮かんできて苦しめられるのです。

人の悪口や傷つけることばかりいう人。

嘘ばかりいう人。

自分の話ばかりする人。

何でも否定する人。

借りたものを返さない人。

約束を守らない人。

自分だけ楽をしようと、さぼってばかりの人。

自分がしている悪いことに人を巻き込もうとする人。

人の話を聞かない人。

裏表のある人。

いつも不機嫌な人。

すぐキレる人。

残念ながら、この世の中には、そんな人はたくさんいます。どの部署にも、どの会社にも、どの街にも、どの国にも、どの世代にもいます。どうしてそんなことをするのだろう、どうしてそんなことというのだろう、といくら考えても、仕方ありません。そういう人は、大昔からいるし、ずっと先にもきっといます。そして、さらに残念なことに、そういう人は、そう簡単には変わりません。誠意を尽くしたらわかってくれるかも、変わってくれるかも、と思うのは、思い上がりです。人は自分のことは変えられますが、人のことを変えることは、まずできません。

それでは、いったいどうすればいいのでしょう。

ひとことでいえば、逃げることです。

そういう人には近づかないこと。

1センチでも遠く離れることです。

もし本当に嫌だったら、メールだって、SNSだって、思い切って解約してしまえばいいです。他の友達との関係を気にする人もいますが、本当に仲のいい友達なら、そのぐらいで関係は壊れません。

そして、もし、職場などが一緒で距離を置きにくいときは、そんな人のことは考えないこと。これはちょっと難しいかもしれませんが、いくら考えても、相手は変わりません。

ふっと思い出しそうなときには、他の「幸せスイッチ」を入れて忘れてください。

楽しいこと、好きなこと、嬉しいこと、わくわくすることを考えてみてください。

人間は、二つのことを同時には考えられないものです。

世の中、そんな人ばかりでもありません。

話していて楽しい人。

いつも約束を守る、誠意のある人。

思いやりのある人。

何にでもポジティブな人。

会うことがわくわくする楽しい人。
一緒にいるとこちらが元気になれる人。
周りが明るくなる挨拶をしてくれる人。
全身を耳のようにして、話を聞いてくれる人。
いつも素敵な笑顔をくれる人。
目立たないけど縁の下の力持ちのような仕事をしてくれる人。
人のいいところを見つけてほめてくれる人。
困っている人に、心を寄せ、手を差し伸べてくれる人。
裏表のない誠実な人。
いつも上機嫌な人。

つまり、さきほどの逆の人も、世の中にはたくさんいます。
そういう人とつきあえば、毎日幸せな日が過ごせます。
そういう人のことを考えられれば、嫌な人のことは忘れられます。
もしそういう人が自分の周りにいないと思うのなら、そういう人と巡り合うまでおつきあいを広げてみてください。

〈付録〉

……それでもいい人に巡り合えなかったら、自分がそんな「嫌いな人」のような行動をとっていないか、胸に手をあててみてください。

「類は、友を呼ぶ」ものです。

18．天井の高いところで時間を過ごす

「大物は、子供の頃、天井の高い家に住んでいた」そうです。広々とした空間で子供たちの空想力が育まれるそうで、レオナルド・ダ・ヴィンチやベートーベンなどが育った家は、とても天井が高いそうです。

そういえば、豊臣秀吉も子供時代は寺で育ったから天井が高かったでしょうし、岩崎弥太郎の実家は貧しかったそうですが、それでも今残っている生家は、茅葺きの高い天井の家です。政治家でも芸術家でも大物の子供が大物になるのは、家の天井が高いからなのかもしれません。

この線で行くと、僕なんかは、子供の時から、押し入れの中とか、トイレとか、狭いところが大好きでしたので、とても大物には、なれそうにありません。

でも、天井の高いところで、子供時代をまるまる過ごさなくても、今、2時間ぐらい過ごすだけでも、とても気持ちがよく、いいアイディアがわくものです。

慣れていないと、最初は居心地が悪いものですが、そこをがまんしていると、少しずつ

心が晴れてきて、大きな気持ちになっていきます。

高級ホテルのカフェなどへ行くと、コーヒー一杯が驚くような値段ですが、気持ちを豊かにするスイッチだと思えば、安い投資です。将来の計画や、幸せになるための構想などを練るときなどには、特におすすめです。狭いカフェでは、それなりの構想しか生まれません。

余計なお世話ですが、こういうところで粘るなら、コーヒーより紅茶をおすすめします。紅茶は、たいていポットで出されますので、2、3杯飲めて、時間が稼げるからです（コーヒーを飲み終わって、カップを下げられてしまうと、居心地が悪くなります）。

天井の高いところで将来の幸せについて考えながら時間を過ごす。ぜひやってみてください。

19. ジェラシーに打ち克つ

紀元前3世紀、秦の始皇帝が初めて中国を統一したときの話です（「キングダム」のずっと先のお話）。

中国を統一した始皇帝が全国を行幸、まあ、今で言えば、パレードをしていたとき。

ある男は、

「あんな奴が皇帝になるなんて！　俺が取って代わってやる」

といい、もう一人は

「男に生まれた以上、あんなふうになりたいものだ」

といったと記録に残っています。

この二人、後に天下取りを争いましたが、最後は後者が天下を取りました。

それが、漢の高祖、劉邦です。

一方、始皇帝を見て妬《ねた》んで、結局、最後は味方にも見放された方は項羽といいます。

成功者を見て、賞賛する人は成功を追い、嫉妬する者は失敗するというお話です。

英語ではジェラシーと表現される言葉が、日本語では、妬み、嫉《そね》み、やっかみ、やきもちなどいくつもあります。

中国語でも、いくつもその種の言葉があるらしく、どうも東洋人の方が、この方面では念が強いのかもしれません。

そういえばアメリカ映画ではよく、スターに憧れて、

「ようし、いつかは私も」

といってついには自分もスポットライトを浴びるアメリカンドリームが描かれていますが、日本の少女漫画では、主人公がバレエでオデット姫の座を射留めると、必ずライバル（だいたいお金持ち）がロッカー内のトウシューズに画鋲を仕込み、主人公は舞台当日、痛みをこらえつつ踊ることになります。

「嫉妬」という字は、どちらも女偏ですが、男のやきもちも結構タチが悪いことは、「半沢直樹」や、高杉良や清水一行などの経済小説などを読んでもわかります。

ワイドショー番組なんか、妬み、僻み、やっかみの「三位一体」です。不祥事があった社長や政治家など力のある人の謝罪会見をマスコミが何度も放映するのも、上の人の頭を下げるところを見てみたい、とその延長線に違いありません。

これがいい効果をもたらすことはまずありません。

ジェラシーは幸せの敵なのです。

この敵を破るには、まずこのジェラシーの気持ちを持たないようにすること。

実は、項羽と戦っていたときは度量の大きかった劉邦も、天下を取って漢帝国を築きあげると、嫉妬深くなって(まあ、史上稀に見る悪妻を持ったということもありますが)、次々と一緒に天下を取った仲間をつぶしていきます。

それだけ、ジェラシーという「幸せ」の敵は手ごわいものです。

「己を知り、敵を知らば、百戦危うからず」

自分の弱さとジェラシーという敵の手強さを知り、打ち克つことは、幸せスイッチの大事な一つです。

20. ＡＮＤの才能

先日、嫌な話を聞きました。

うろ覚えで、細かいニュアンスは違うかもしれませんが、ある学校で、先生が生徒に
「生活のために働くことと、世の中のために働くことのどちらを選ぶか」

というようなことをテーマにして作文をさせたということ。

かわいそうに、多くの子供たちは、

「生きていくためには、お金が必要で、嫌でもがまんして働かなくてはならない」

という選択を強いられ、そういう作文を発表したという話です。

この先生にとって、生きていくために働くことと世の中のために何かすることは、両立しないものになっているのでしょう。

もしかしたら、普通の生活をすることと幸せになることも両立しないのかもしれません。

思えば、子供の頃、お金持ちというのは、ひげをはやして、葉巻をくゆらせ、おなかもでっぷりしている人だと思っていました。

そして、だいたい、ずる賢く、ケチで、強欲で、いじわるで、無慈悲で、孤独だと思いこんでいた気がします。

一方で、心優しく、まじめに働き、正直な人は、皆、貧しく、いつも金持ちから搾取されている印象がありました。

いいおじいさん、おばあさんは、皆、仲良しだけど、貧しいところから物語は始まります。

ディケンズの小説『クリスマス・キャロル』や、映画『メリー・ポピンズ』に出てくるお金持ちも、どちらもそういう典型的な悪い金持ちが改心して、いい人になりました、というお話です。

水滸伝や八犬伝なども、金持ちでひどいことをする悪人が出てきて、これを正義の義士がやっつける話です。

そんな話ばかり、子供の頃に見聞きしてきたら、そういうイメージができあがるのも不思議ではありません。

もちろん、中にはそういう人もいるでしょう。

でも、世の中には、裕福でも心豊かないい人も、貧しくて心のねじけた、いじわるな人もいるはずです。

他にも、二者択一で物事を考えさせられて、うんざりすることがあります。

正しいか、正しくないか。

白か、黒か。

勝ちか、負けか。

敵か、味方か。

子供に、決めつけの二者択一を迫るのは、教える方が、そのような人生観を信じているか、あるいは、そちらの方が子供を管理しやすいからなのでしょうか。

勉強かスポーツか。

理系か文系か。

成功か失敗か。

まじめか不良か。

＊　＊　＊

今や古典といえる経営の本で『ビジョナリー・カンパニー』（ジェームス・Ｃ・コリンズ／ジェリー・Ｉ・ポラス著　山岡洋一郎訳　日経ＢＰ出版センター）という名著の中に、

「ANDの才能」という挿話があります。以下、引用します。（　）内は、僕が加筆しました。

＊　＊　＊

ビジョナリー・カンパニー（いい会社）は、「ORの抑圧」に屈することはない。「ORの抑圧」に屈していると、ものごとはAかBのどちらかでなければならず、AとBの両方というわけにはいかないと考える。

たとえば、こう考える。

「変化か、安定かのどちらかだ」

「慎重か、大胆のどちらかだ」

（中略）

「創造的な自主性か、徹底した管理のどちらかだ」

（中略）

「ANDの才能」とは、さまざまな側面の両極にあるものを同時に追求する能力である。

（中略）

F・スコット・フィッツジェラルドによれば、「一流の知性といえるかどうかは、二つの相反する考え方を同時に受け入れながら、それぞれの機能を発揮させる能力があるかどうかで判断される」。

＊　＊　＊

そう、二つのことは、その気にさえなれば、両立できるのです。

私たちが幼い頃、刷り込まれたかもしれない、二者択一の罠を抜け出し、誰もが、心がけ次第で、自分の「ＡＮＤの才能」を花咲かせ、豊かな暮らしをしながら、心も豊かに、人にも優しく、友人も多く、幸せに暮らすことができるのです。

次の世代の人たち、子供たちにも、そのことを教えてあげたいものです。

21. おめでたい人になる

うちの娘の誕生日は、4月9日。

一日前の4月8日だったら、「花の日」。お釈迦さまの誕生日です。生まれる前には、ちょうどこの日に生まれて、すぐに右手は上を、左手は下を指差したら面白いのになあ、なんて、恐れ多いことを考えてみたりもしていました。

「天上天下唯我独尊」なんてね。

生まれたのは一日遅れて4月9日。

ちらっと、

「4と9かぁ。本人が気にしなければ、いいなぁ」

とネガティブなことを思ってしまいました。

そんなことも忘れて、すくすくと育った娘は、ある日、幼稚園から帰ってくると、

「あのね、あたし、しあわせにくらすんだって」

と嬉しそうにいいます。

なんと、幼稚園の先生が、4と9を使って、「しあわせ」と「くらす」に掛けてくださったそうです。ありがたいこと。おかげで、それ以来、僕も4という数字を見ると「しあわせ」を連想するようになりました。

9の方は、「くらす」だけでは面白くないので、何かないかな、と探したところ、大好きな楠の木に掛けて、今では9を見るたびに、神社にあるような大きな楠を思い浮かべて、大きな気持ちになれています。

なんて、脳天気な、おめでたい親子なんだ、と思われる方もいるかもしれませんが、そうです、うちは、こんな感じで、脳天気で、おめでたい家族です。

何も悪いことしていませんし、誰にも迷惑もかけていません。勝手に4とか9とかの数字が出ると、喜ぶぐらいです。4のゾロ目、9のゾロ目なんて最高です。

おかげさまで、4月9日生まれの娘は、ひいき目なしで、ラッキーなことに恵まれ、とても幸せそうです。

4とか9とかの数字を目にするたび、縁起が悪いだの、ついてないだの愚痴るより、よほど人生楽しくなります。しかも、この数字が出て凹んでいる人に、この話を教えてあげると、たいていの人に喜ばれ、感謝されます。ぜひ、やってみてください。

もちろん、世の中には、

「はっ、そんなくだらないこと。おまえはおめでたいね。世間はそんなに甘くないぜ」

と、冷たくいい放つ人もいます。いわゆる「頭がいい」と思われている人に多い気がします。

そういう人は、何か新しいアイディアや提案があったときも、難しいことをいって、反対することが多いです。理路整然と、その案がなぜうまくいかないか、無理なのか、具体的な事例を並べて滔々と語ってくれたりします。聞いたことないようなカタカナ言葉を並べて、グローバルでイノベイティブな否定論をインテレクチャルに語ってくれます。

そちらの方が、頭がよく見えたりします。

何でも、「なるほど」「そうですね」「すぐやりましょう」といっていると、単純か、脳天気と思われないか、不安になるかもしれません。

そして、ネガティブなことを並べて、反論した方が、頭が切れるように見えるかもしれませんし、もしかしたら、頭がいいのかもしれません。

でも、大事なのは、どちらが幸せになれるか、です。

僕は、おめでたい、能天気、単純、ばっかじゃないの、なんていわれても、思われても、幸せの方がいいです。

幸せな友達、仲間、家族と一緒に、

「やったー、4のゾロ目が出た！」

などと、楽しくやるだけです。

22. サラリーマンだって悪くない

若い社員から、

「こんなサラリーマンの生活が一生続くかと思うと、不安で仕方ない。いっそ会社を辞めて……」

という相談を受けることがあります。

たいてい、会社をやめてほしくない人は、誰にも相談せずに、突然やめていきます。相談してくる人は、気の毒だけど、やめてどうするの？　というタイプが多いものです。

どこで刷り込まれたのでしょうか。

たいてい、サラリーマンという生き方はつまらない、と否定から入っていることが多いので、そういう人には、こういってあげることにしています。

「そうやって一生文句いっているぐらいなら、さっさとやめて独立か転職かすればいい。今できないのなら、できるように自分を磨けばいいし、できないなら、愚痴をいわない方がいい。

第一、サラリーマンってそんなに悪いもんでもないぜ」

昨今の自己啓発本や、ビジネス向けのブログなどを見ると、

「サラリーマンは一生雇われの身で、自由がなくて、何も残らない。

将来は、重たい税金、乏しい年金、たまげるほどのインフレ、という厳しい老後が待っている。

さあ、あなたも勇気を持って飛び出そう！

もしそこまでは……、というなら、せめて副業で稼ごう！

私は脱サラして、今や年収ン千万……」

という口調のものを多く見かけます。

こんなものばかり読んでいれば、ふと何だか自分がつまらない、間違った人生を歩んでいるのではないかという気すらしてくるのも無理はありません。

サラリーマンを主人公としたドラマや小説も、一時期流行った「倍返し」を筆頭に、パワハラ、セクハラ、不正、不倫。金、女、権力、暴力。歯車、我慢、ごますり、ドロドロネバネバ、みたいなものばかり。

こういうことが実際どれほど世の中にはびこっているのかは、わかりませんが、何かそ

れに関する事件が起きると、インパクトがあって、他人事だと面白く、雑誌も売れ、アクセス数も増えるから、マスコミも騒ぐし、話題にのぼりやすいのでしょう。

でも、僕はいつも思うのです。

「大方の人は、まじめに地味に働いてるぜ」と。

そして

「サラリーマンってそんなに悪いもんでもないぜ」と。

なんだかサラリーマンが、医者や弁護士や起業できなかった人が、仕方なく選ぶ残された選択肢みたいな、ひどい書かれ方をすることが多いですが、会社という組織だからこそできる、大きな仕事、素敵な仕事もたくさんあります。

秀吉だって、信長に雇われたサラリーマンでしたが、サラリーマン時代に結構大きな仕事をしています。

歴史上、組織というものができて以来、ローマ時代でも、漢の時代でも、組織の中で、自分の能力を発揮して、定期的に賄いをもらうサラリーマンという職業は生まれて、今でも、世界中で活躍し、世の中を動かしています。

最近は、ビジネスパーソンという呼び方をすることが多いですが、呼び方を替えても同じこと。オーナー以外の組織人は、社長だって経営者だって、みなサラリーマンです。

そして、皆で力を合わせて大きな仕事を成し遂げたときの達成感、満足感を仲間と共有する喜びはサラリーマンならではのものです。

それまでの苦労も、楽しい想い出に変え、人生を豊かにしてくれます。

ドロドロの経済小説がある一方、城山三郎や高杉良の小説には、仕事に情熱を捧げ、大きな仕事を達成していくミドルの姿も多く描かれています。

一代で創業してまたたくまに会社を大きくして活躍している人もいますが、それは全国にいる250万人の社長さんのごくごく一部。

そういう人を目指したいならがんばって目指せばいいですが、独立や転職を考える前に、まずはサラリーマンとしてのプライドを持ち、きちんと毎年給料分以上の仕事をし、また、いつまでも給料分の仕事をし続けられるように自分を磨き続けることです。それができないのに、飛び出しても、あてが外れることでしょう。世の中には、そうやって何度も転職を繰り返している気の毒な人が増えてきています。とても寂しいことです。

今、幸せでないことを、自分がサラリーマンであるせいにしても、何も生まれません。

隣の芝生はいつも青いもの。

今、幸せになれない人は、独立や転職しても幸せにはなれません。

23. 他の人と比べない

僕が小学校高学年の頃、というと昭和の元気な頃になりますが、超合金マジンガーＺという、金属製のロボットのおもちゃがどうしても欲しい時期がありました。とても高価なもので、自分の小遣いではとても買えないものでしたので、誕生日に親にせがんでみましたが、我が家は、そういう「いかにもすぐ飽きそうな高価なおもちゃ」は与えない方針でしたので、地球儀ではどうか、とか、図鑑ではどうか、と、全く見当外れのカウンターオファーを受け、交渉は決裂しました。そこでクリスマスにサンタさんにお願いしてみたのですが、子供の夢を叶えてくれるはずのサンタさんは、超合金を知らなかったらしく、枕元にはなぜか親がすすめていた地球儀が置いてありました。

さて、どうしても超合金マジンガーＺがあきらめきれなかった僕は、同級生の名前をあげて（少し盛って、多めに名前をあげましたが）、「皆、買ってもらった」と、再度、ねだってみました。

そのときです。我が家の家訓が示されたのは。

「よそはよそ。うちはうち」

その後、僕は、よくこの家訓を武器にして、

「お隣の○○ちゃんは、塾で一番だった」とか、

「誰々さん家の○○ちゃんは、学校から帰ったら、まず宿題を済ませてから遊びに行く」

だのと、よその子供と比べられたときに
「よそはよそ。うちはうち」

と、こまっしゃくれて答えたものでした。

＊　＊　＊

学校で、他の子と優劣をつけない教育をするようになって、もうだいぶ経ちます。

運動会やテストでも、順位をつけないように、優劣をあいまいにして、できない子にコンプレックスを持たせないようにする配慮のようです。できなかった子がかわいそうだから、できる子もほめない。

目立つといじめられるから、決して他の子と違うこと、目立つことはしないようにおとなしくする。自分の得意なことでも、発揮してはいけない。磨いてもいけない。

でも、実社会では、誰もが、他の人と比べるものですから、その頃には皆、自分を周り

の人と比べ、皆の方が「すごい」気がして、劣等感に苛《さいな》まれることになります。

人の顔が皆、一人ひとり違うように、人の得意なものも苦手なものも、皆、それぞれ。

それをずっと人と比べて、自分の劣っているところをくよくよと気にしていても仕方ありません。

ソフトバンクの孫正義さんが「師匠」と仰ぐ野田一夫さんは、お父さんから教わった教訓を『悔しかったら、歳を取れ！』という本で紹介していますが、

「背筋を伸ばせ」

「暗い顔をするな」

「声が小さい」

「納得できなければ進んで発言しろ」

「愚痴るな」

などと共に

「他の人と比べるな。比べるなら自分の過去と比べるべし」

という言葉を、ある講演で紹介されていました。

比べるな、といわれると、かえって意識してしまうのなら、比べる対象を、過去の自分に置いてみる。いいところを伸ばすにせよ、苦手を克服するにせよ、1か月前、1年前の自分より成長していることが大事、という言葉は、コンプレックスに悩んでいる人にとって、大いに励みになるのではないでしょうか。

そう考えると、「よそはよそ。うちはうち」という我が家の家訓も捨てたものではありません。

それにしても、生意気な子供でした。お父さん、お母さん、ごめんなさい。

第四章

「天は自ら行動しない者には、
救いの手を差しのべない」

〜シェイクスピア〜

24. 新しいことをやってみる

あなたは、1年にどれだけ新しいことに挑戦していますか。

マルチン・ブーバーさんというオーストリアの哲学者は
「人は始めることを忘れなければ、いつまでも若くいられる」

という言葉を残しています。

新しいことを始めるのには、勇気もパワーもいります。でも、失敗することをかっこ悪い、と思わなければ、それほどハードルが高いものでもありません。

何を始めるかは、自分の好奇心を手掛かりにして、面白そうだと思うことを始めること。

または、自分の好きな友達や尊敬する人に誘われたりしたことに挑戦すること。

別に続かなくても構いません。

3回ぐらいやってみて、自分には向かないな、と思ったら、「向かないみたい」といってやめても構わないのです。それでも一応、3回ぐらい挑戦したのなら、「やってはみたけど、向かなかったこと」と、ささやかな勲章として、語れます。全くやったことがないのと、一度でもやったことがあるのでは、だいぶ違います。

そして、もしそれが気に入って続けられたら、もっと世界が広がり、豊かな人生が送れます。

僕は毎年、手帳を替えるたびに、見開き2ページを割いて、「新しいこと10」と表題を書いてます。そして、新しいことに挑戦するたびに、やったことと日付と簡単な感想を書いていきます。

簡単なことで構いません。

例えば、水族館のイルカショーに行って、

「誰かイルカにエサをあげてくれませんか」

といわれたら、手をあげる。日本人は、皆、遠慮するからチャンスに恵まれる可能性が高いです。

スポーツ教室や、文化教室などで、「無料体験」と書いてあったら、申し込んでみる。

(その後、お誘いの電話やDMが来ますが、興味がないならそういって断れば、そのうち来なくなります)

「乗馬体験」「陶芸体験」があったらやってみる。

「早食いコンテスト」「大声コンテスト」などが開催されていたら申し込んでみる。

多少、お金がかかっても、挑戦、体験するチャンスがあれば、何でもやってみることです。

たとえ、続かなくても、人生は豊かになりますし、自信にもなります。話の幅も広がります。

この世の中には、やったことがないこと、自分の知らない世界が、まだまだたくさんあるのです。

例えば、

歌舞伎・寄席・狂言・ミュージカル・オペラはどうですか?

お茶・お花は、きちんと体験したことがありますか?

楽器、料理?

バッティングセンター、ゲートボール?

囲碁、将棋、チェス、コンタラクトブリッジ?

乗馬、アーチェリー(弓道)、スノボー?

サーフィン、登山、ダイビング?

ゲイバー、メイドカフェ？

DIY、釣り、ラジオ体操？

天文観察、化石掘り？

ホットヨガ、ストレッチ、エステ？

ゴミ拾い、こども食堂、災害地などへのボランティア？

知らない土地で駅を降りる（神社で参拝、地元の定食屋に入って、お店の人に話しかける）？

あるいは、着物を着て街を歩いてみる？

本屋の趣味コーナーに行ったら、世の中には、こんなにいろいろな趣味があったのか、と驚きます。やってみないと楽しいかどうかはわかりません。

誰でも最初は、初めてです。

楽しい趣味をたくさん持っていることは、とても幸せなことです。

まずは、新しいことをやってみる習慣を身につけてみて下さい。

25. やることリストをつくる

長い一週間が終わり、

「やれやれ今週はなんだか疲れたなあ。週末はゆっくり休もうか」

と思って、朝はゆっくり起きてきて、カーディガンを羽織るだけで着替えもせずに、食事は冷蔵庫の中の残りもので済まし、テーブルの上を占拠したDMを一通一通空けてゴミ箱に入れ、簡単に家事を済ませて、スマホを少しいじっていると、だいたい日が傾いてきます。

あとはご飯を食べて、風呂に入って、ビールを飲むと一日が終わります。

こんなとき、「ああ、今日は一日ゆっくりした」と休みを満喫し充電できる……ことはありません。

たいてい、「あーあ、今日一日、何もせずに終わってしまった。あれもこれもするつもりだったのに……」

と貴重な休日を無駄に過ごしたことを悔いることの方が多いもの。翌日の仕事へやる気がみなぎる……こともありません。

こんな休みを、何回も何回も繰り返し、僕は心を入れ替えることにしました。

仕事の日に、朝一番で「やることリスト」をつくって仕事に臨むように、休みの日だって、「やることリスト」をつくるのです。

僕の仕事のやることリストはこんな感じです。

まず紙を一枚見つけます（たいてい、Ａ４の裏紙を半分に折って使用）。

次に真ん中に縦に一本線を引きます。

そして左側に、今日の予定と、やらないといけないことを思いついた順に書きます。

会議の資料の骨格だけでも仕上げるとか、誰々に電話するとか、メールの返信とか、会議室の予約とか、思いついたものをどんどん書いていきます。優先順位とかつけようとすると面倒で続きませんから「思いついた順」というところが大事です。

（ちなみに中央線の右側には、覚えておきたいこと、今日はしないけどやること、誰かの返事を待っていることを書きます）

あとは、このリストの通り、やるだけです。

一つ終わったら、リストの上に一つ横線を引いて消します。一日が終わり、リストのすべてに横線がついていたら、達成感のある、いい一日。残ったら次の日にまわす。仕方ないよね、がんばったから良しとしよう、というリストです。

この「やることリスト」を休みの日にも導入するのです。休みの日まで、ノルマをつくるみたいで嫌だ、と、一瞬思いましたが、何でもまずはやってみる、が僕の信条です。

やること。

・つめきり（日曜日の恒例行事なので、リストの一番はいつもこれ）
・実家にお礼の電話
・ベランダの片付け（枯れた植木など）
・高校受験合格した甥っ子へのお祝いメール
・靴みがき
・食料品買い物（別途買い物リストをつくる）
・クリーニング出しと受け取り

ううむ、それではまずは爪でも切るか……と、簡単なものから始め、一つでもリストが消えると、エンジンがかかり始めます。そして日が傾きかけ、最後の買い物とクリーニング屋を終えて、お風呂に入ると、あとは自分の自由時間です。

自由！

なんて素敵な響き。

そして気になっていたことがすべて終わっているこの達成感！

やることから解放される**幸福感！**

そんな小さな幸せを、やることリストは与えてくれます。

26. 片付けをする

なんだか、盛り上がらないとき、幸せを感じられないとき、運気が悪いとき、真っ先にすべきことがあります。

片付けです。

なんだ、という人もいるかもしれませんが、運気をあげるのに、これほど効果のあがる方法はありません。家にある要らないもの、なくてもいいものがどれだけ運気を下げるか、その下げる力を侮ってはいけません。これは、古今東西の、あるとあらゆる「成功した人」「ついている人」が口をそろえていっていることです。

スティーブ・ジョブズも、松下幸之助も、長谷部誠（元サッカー日本代表）も……（あとはご自分で〈片付け　幸せ〉とか〈片付け　運気〉とかで検索してください）。

「私は、そういう非科学的なものは信じない」という人は、好きにすればいいですが、これだけ実証され、実例にあふれていることはありません。

ついていない時にじたばたしてもいいことはありません。

今日は、「運気をあげる日」と決め、休みの日か、あるいは休みを取ってでもやった方がいいのが片付けです。

実行日の朝、普段より少し早めに起きます。

次に汚れていい、戦闘服に着替えます。これは不運、不幸との戦いなのです。

それから、朝食のコーヒーでも飲みながら、大きな紙に、今日倒すべき敵のリストをつくります。敵は、なるべく細かく分類した方がベターです。

冷蔵庫の中、食器棚、本棚、洗面台の下の引き出し、衣類クローゼット、机の上の書類の束、カバンの中、どんどん書いていきます。

思いつかなくなったら、家の中、部屋の中を歩き回り、目についた、気がついた、掃除、片付け場所をどんどん書き加えていきます。

靴箱（もう履かない古いサンダルとかないか）、ベランダ（枯れた観葉植物は、すごく運気悪いらしいですよ）、財布の中（財布の中に余計なものが入っているとお金が貯まらない、というのは基本中の基本）。

そうして、リストができたら、そのリストをテーブルの上に置き、あとはやりたいところから片付けていくだけです。そして、一つ敵を退治したら、リストの敵の名前をつーーーッと横線引いて消していきます。途中、思いついたら、それも忘れないうちにすぐ書き加えるのも大事なこと（トイレとかテレビ台の下とか、忘れていないですか？）。

迷ったら捨てます。一年以上使っていないものは捨てます。ここらでつまずく人は今や世界的伝道者になったコンマリ様*や、ミニマリストのジョシュア・ベッカー牧師**に救いを求めることをおすすめします。

＊　近藤麻理恵さん：「ときめくものだけ残して、ときめく毎日を過ごそう」ＴＩＭＥ誌「世界で最も影響のある１００人」にも選ばれた片付け教の教祖
＊＊　ジョシュア・ベッカー：あの物質主義のアメリカで「ものを手放して豊かになろう」と推奨するミニマリスト運動推奨者

一日の戦いを終え、たくさんのゴミ袋に囲まれたとき、あなたは充実感と達成感に包まれ、あなたの運気は間違いなくあがっています。理屈はわからなくても、世の中には「そうなる」ということがあるものです。

27. いいこと、わるいこと、棚卸し

メーカーなどでお勤めの方には、おなじみな仕事に、

「棚卸し」

というのがあります。

棚に載っかっているものを、よっこらせっと下におろすことではありません。

難しい言葉でいうと、

「企業の所有する商品、原材料などの資産について、一定時点でのその保有総量を確認すること」をいいます。

具体的には、会社の倉庫などに、製品や原材料などがどれだけあるか数えることです。

だいたい毎月、月末に簡単にやって、決算期末には、かなり時間をかけてきちんとやることが多いもの。

わかりやすい例として、図書館をあげてみます。

図書館の本は、定期的に購入したり、寄付を受けたりして増えていきます。

一方で、破れて修繕もできないものは捨てたり、貸し出したのに返却されなかったりして、減ることもあります。図書館では、蔵書目録という資産台帳をつけているので、そこに本が増えたり減ったりするたびに記入していきます。すると、今、図書館に、どういう本があって、合計で何冊あるかの記録が残ります。

ところが、実際には、なぜか、あるはずの本がなかったり、不思議と買った記録がない本があったりします。まあ、この世の中には、いろいろなことがあるものです。それは正しくない、と目を吊り上げても仕方ない。ないものはないんだし、あるものはあるんです。

そこで、定期的に、（図書館でいえば、休館日に）皆で一斉に、実際に棚ごとに、あるべき本がきちんとあるか、ないはずの本が入っていないかを、一冊一冊数えることをするわけです。図書館では、これを蔵書点検というらしいですが、このようなことを会社では、製品や部品や原材料でもやっていて、これを、「棚卸し」と呼んでいます。

経理の人とかが工場や倉庫に行って、在庫の台帳と、実際に棚に積まれている数が合っているか確認する。

（当たり前ですが、この作業をしている人に話しかけると、怒られます。でも、思わず、「今、何時ですか？」といってみたくなります……）

……さて、これを踏まえて。

世の中というものは、不思議なもので、いいことがあるときには、重ねていいことがあって「今日はついてるな」などと思うこともありますが（たくさんあってほしいものです）、残念ながら、逆に、嫌なこと、トラブルも重なるときは重なるものです。

昨日までは平穏無事に過ごしていたのに、今日は朝から、夫婦喧嘩で始まり、会社では上司に叱られ、ランチに行けばお店に入るのに散々待たされたあげく、店員が下げたお皿からこぼれたトマトソースをお気に入りの服に掛けられ、さらに取引先から前回の自分のミスで取引を減らされる通知を受けたり、ということが同じ日に起きたりします。

これを朝方に怒られた上司に報告すると思うと、評価が下がってボーナス減らされる↓年末のローンの支払い↓今朝の夫婦喧嘩の原因の生活費と小遣いのやりくり、と不安が高まって、もうどうしていいのかわからなくなったりします。

こういうときには、今時点のいいこと、悪いことを「棚卸し」をしてみたらどうでしょうか。

まずＡ４の白紙を用意します。

次に横真ん中に一本線を引きます。

下半分に、今、起きている嫌なこと、心配なこと、不安なこと、嫌いな人、いやな予感などネガティブなことをすべて書き出します。書き方は、箇条書きでなく、嫌なことを書いたら□で囲んで、もし相関関係があるなら、その嫌な□同士を矢印などで結ぶ。これでもか、というほど全部吐き出します。自分の中で膨らんでいる不安の正体を、一つひとつ淡々と本でも数えるように、棚卸しするのです。

ここまで終わったら、ひとまずコーヒーでも飲んで、一つ深いためいきでもついていいです（蔵書点検にだって休憩時間はあります）。

次に、線の上半分に、今思い出せるいいこと、ありがたいこと、嬉しいこと、楽しみにしていること、好きなこと、好きな人などを、今度は○のハッピーバブルで囲んでみます。嫌な気分でいると、急には出てこないかもしれませんが、一つ書けると、少しずつ見つかるものです。仲のいい友達のやさしい言葉。いい買い物ができたこと。次の休みの旅行の計画。少なかったら、週末に観たかった映画を観に行くなど楽しみを自分でつくってもいい。

それができたら、この上段の「いいこと」の応援を借りて、もう一度、勇気を出して、線より下のネガティブブロックと向き合ってみます。一つひとつどうするのか、どうしなければならないのか、□の横に書いていきます。どうすればいいのか、本当はわかっているはずです。逃げても仕方ないし、避けられるものでもありません。

パートナーには謝る。

上司には、指摘されたことに感謝する。

店員もわざとしたわけではないから許す。

トラブルは、今すぐ正直に報告して、同僚にも助けを求める。

誰のせいにもせず、自分の問題に自分で向き合います。

すぐには、すべて解決しないかもしれませんが、勇気を持って立ち向かえば、世の中は不思議なもので、いつの間にか解決するものです。それが証拠に、この棚卸しシートをしばらく保管して、忘れた頃に見直すと、

「ああ、そういえば、この時は、こんなことで悩んでいた」

と思うはずです。そして、次の悩みも問題も、棚卸しをして、勇気を持って逃げずに立ち向かえば必ず乗り越えられる、という自信がついてきます。

＊　＊　＊

ちなみに、図書館では、年に一回、徹底した蔵書点検をしていますが、このときに、ア

ルバイトやボランティアを募集しています。ものすごい達成感が味わえる上、世の中にいろいろな本があることを学べます。運気もあがるかも？　興味ある方は一度どうぞ。

28. 真剣に健康を

健康が、人生にとっても幸せにとっても、とても大事だということは、おそらく誰でも知っています。

「私は、重たい病気だけど、それでも、私は幸せです」

という人もいるでしょうが、それは心の強い人が、さらに心の鍛錬を積んでやっと成就できるもので、普通はなかなかそうはいきません。

「健康な精神は、健康な体に宿る」

というように、体が元気でないと、心も弱ってくるものです。

それにもかかわらず、健康になるための努力、習慣を怠る人のなんて多いことでしょうか！

「健康にいいとはわかっているんだけどねえ」

といいながら、運動、柔軟、お風呂、丁寧な歯磨きなど、体にいいといわれているものを避け、

「体に悪いとはわかっているんだけどねぇ」

といいながら、お酒や甘いものなどを暴飲暴食し、偏食、煙草、猫背、夜更かし、を続けていいながら、体調が悪いと、ぼやいている人が、とても多いこと。この便利な現代社会で、なんの努力も我慢もせず、健康に投資もせず、楽して健康な身体を手に入れようなどというのは、まことにおこがましい限りです。

不思議なのは、あれだけ世の中に健康になるための本がたくさん出版され、健康運動や、健康食べ物がたくさんテレビで紹介されているにもかかわらず、なかなか日本人の健康度があがっていかないことです。

○○は身体にいい、と放送されると、その食材が、その日から3日ぐらいだけ、わーっとスーパーの棚から消えますが、在庫が揃った頃には、需要も元に戻ってしまうもの。おそらくテレビの前で

「ああ、これなら簡単だから続けられそうね」

と始めた体操も、3日後には忘れられているのでしょう。

そんなことでは、健康にはなれませんし、幸せにもなれません。

今や、身体の仕組みや脳の仕組みなどは、年々解明されてきていて、身体が不調なら、

脳も心も不調になることは医学的に証明できるようになっています。

それなのに「お通じが悪いのは親譲り」だの、「生まれつき身体が硬い」だの、あげくの果ては、「心が温かいから、手先は冷たい」などと、わけのわからぬ言い訳で、自分を甘やかして、どんどん健康から遠ざかっている人のなんて多いことでしょう。

まずは、真剣に健康に取り組みませんか。

健康を実感できればできるだけ、間違いなく、その分、幸せになれます。

健康に関する情報は、ヤマのようにありますので、どこから始めるか戸惑う人もいるかもしれません。まずは、自分の周りの元気で健康な人、健康になった人のやっている健康法を聞いて、それを素直に実行することです。その人のいうことを無条件に信じて、やってみることです。「でも」はなし。

なんでもそうですが、いいことの効果は急には出ません。

まずは、何でもいいから3つの健康法を3か月やってみることをおすすめします。

食で一つ、運動で一つ、習慣で一つ。

体にいいといわれている食べ物、バランスのいい食事、適度な睡眠、便通、体温が高いこと、ポジティブ思考、運動すること、身体を柔らかくすることなど、世の中で紹介されている健康法の何でもいいから、気になったものから、まずは3つ選んで真剣に健康に取り組むことです。

そして、取り組んだことが習慣になったら、その習慣は続けて、また新しいことに取り組みましょう。効果がないとか、どうしても続かないと思うなら、自分に合わないのかもしれませんから、別の健康法を試してみることです。

必ず自分にぴったりの健康法が見つかります。

ただし3か月はまずは続けることです。

簡単なことで大丈夫。ご参考までに、僕のおすすめは、
・納豆などの発酵食品を毎日食べること
・エレベーター、エスカレーターをなるべく使わず階段を使うこと
・毎日、欠かさずお風呂に入ること
真剣に健康に取り組みましょう。間違いなく、より幸せになれるのですから。

29. 表をつくる

いつまでたっても、ダイエットに取り組んでいる人、ダイエットしないと、と思っている人はあとをたたないですが、ダイエットの方法など、百も千もあるものです。

でも、結局のところ、摂取するカロリーが消費するカロリーより多ければ体重は増えるし、その逆なら減る。それだけのことです。

それだけのことなのですが、これがなかなか難しいもの。

運動は面倒だし、おいしいもの、甘いもの、カロリーの高いものはたくさん食べたい。

そういうわけで、いまだに多くの国では、ダイエット本が売れ、エステやダイエット関連教室が繁盛し、ダイエット食品やサプリが売れ続けています（有名人をＣＭにつかえるほどにもうかっています）。

かくいう僕も、油断すると太る体質なので、いろいろやってはみました。

いろいろあるダイエット法の中で、僕に効果があったのが、毎日一回体重計に乗り、体重表をつけることです。

体重計は、デジタルでもアナログの針式でもいいですが、測るのは体重だけに絞ります。体脂肪率とか、BMIとか、内臓脂肪とか、いろいろなデータに惑わされないこと。体重を落としたいのだから、体重だけを気にすればいい（内臓脂肪を落としたいなら、内臓脂肪のデータだけを気にする）。

それから、ストイックに正確さを求めすぎないことも、長く続く秘訣です。

例えば、毎朝、寝起きの朝食前に測ると決めたとしても、忙しいこともあるし、忘れることもあります。そんなときは、夜帰宅したあとでも、昼でも夜でもいいし、寝る前でもOKです。当然、食後で、しかも

「食べ過ぎたー」

というときは、体重が増えていますが、それでも、あれだけ食べた割には増えていなかったり、逆に食事を少なめにしても、それほど減らないことなんかがわかります。

一方、山登りなどの長時間ハードな運動をしたあととか、尾籠《びろう》な話ですが、「大」をしたあと（特に下痢気味のとき）などは、

「おお、こんなに……」

と驚くほど体重が減っていることがあります。

そんなときは、備考欄に、「食べ放題」とか「山」とか「下痢気味」とか書いておくといいです。

体重表は、折れ線グラフで、手書きがいいです。それを洗面所、体重計に近いところに貼っておきます。今の標準体重を、表の真ん中あたりに目盛りし、下の低い位置に、目標体重を青線で引いて、上部には絶対超えてはならないラインを赤線で引いておく（色はお好みで結構ですが）。

あとは、毎日、とにかく毎日、体重計に乗って折れ線を書いていくだけです。

当たり前ですが、線は、斜めまっすぐに下降もしないし、斜め上にあがってもいかない。ジグザグと上下しながら、それでもダイエットするんだと思って、下の青い線を目指してグラフを付け続けていると、だんだん下に向かっていくものです。

朝、少しグラフ線があがっていると、その日は食事は少し控えたり、いつもより少しでも運動したりするものなのです。

これほど確実で、しかも安上がりなダイエットもありません。

なお、この表は、スマホで自動計測されて作られた表では効果が薄くなります。

自分の手で、線を下向きや上向きにジグザグ引くから、思いが伝わるものです。

ジグザグでいいんです。

そして、幸せも同じようなものだと思います。

幸せ係数などは、体重計のように計測できるものでもありませんが、それでも、最上段から

「とても幸せ」

「幸せ」

「まあまあ幸せ」

「ふつう」

「ちょっと不幸」

「不幸」

「とても不幸」

と目盛りして、毎日寝る前に、

「今日はどんな一日だったかな」と振り返りながらグラフにすれば、もちろんジグザグはするだろうけど、不思議なことに平均値は徐々にあがってきます。なぜなら、この表をつ

けているると、日常の小さな「幸せ」に気づくようになり、感謝するようになるからです。嫌なことがあって、少し線が下がっても、次の日にいいことがあって、線がグーンとあがります。

体重よりアップダウンが大きくなりますが、それでも、上を目指していると、徐々にグラフの平均値は上にあがってくるものです。

そして、少しずつ平均値があがっていくことに、また幸せを感じ、いろいろなひとに、ことに感謝して、他の人も幸せにしたいと願い、また、次の幸せを感じられるようになっていきます。

幸せはジグザグであがってくるものに違いありません。

30. お金も大事

お金持ちだからといって幸せとは限りませんが、ある程度はお金にゆとりがないと、幸せになれないのも事実でしょう。

極端な例ですが、昔のことわざにも

「四百四病より貧の苦しみ」

といって、貧乏の辛さを伝えるものがあります。

幸せを感じられるのに、一体、いくらぐらい所得があればいいのか、という気になるテーマは、昨今、いろいろな人や団体によって何度も調査されています。

最近の有名な調査では、ノーベル経済学賞受賞の心理学者ダニエル・カーネマン教授らが、約75,000米ドル（約800万円）までは、収入と幸福度は比例するが、それ以上だとそうとは限らない、と発表しています（調べた方の名前が「カーネマン」というのは出来過ぎ……）。調査方法などによって、この金額は変わってきますが、たくさん所得があれば、幸せになれるものではないということでは共通しています。

裏を返せば、800万円までは、やはり所得が高い方が幸福度が高いということで、幸せスイッチをONにするためにも、ある程度までは稼ぎが大事だということなのでしょうか。

さすれば、どうしたら、稼ぎを増やせるのでしょうか。

会社や組織勤めの人は、もちろん、仕事を磨きリーダーシップなどを発揮して、それが評価されて、給料があがることですし、自分で商売している人は、お客様に喜んでもらって多くの方から安定した収入を得ることです。それは、あまたある仕事のノウハウ本を読んで実行してください（読むだけではだめです。実行です）。

ただ、世の中を見ていて、まじめに働くだけでは十分ではないことは、誰でも感じていると思います。いい稼ぎを得るには、「運」も大事な要素です。

ここで紹介するのは、どういう人が、運を呼んでいるのか、について、僕が、高級ホテルや稼ぎのいい人が集まるパーティーなどで、多くのお金持ちを観察・研究した結果です。ふざけているような内容と思われるかもしれませんが、真剣です。科学的根拠や、データ分析などは、ありません。責任も取れません。

ただ、僕は、30歳代から取り組んでいて、その効果かはわかりませんが、年収はひとまず800万円は超えました。

①白いボトムスを穿く

イタリアの古い民謡で、

「お金持ちのご主人が、白いズボンのポケットからお金を取り出し〜」

という曲があるそうです。以前、NHKテレビのイタリア語講座で観ただけの記憶なので、うろ覚えですが、この時、

「そうか、お金持ちはそういえば、白いズボンを穿いているな」

と思って以来、飛行機のファーストクラスの乗客、ブランドショップから出てくる人、ベンツから降りてくる人などを観察した結果、他の人たちと比べて、かなりの確率で、白い、あるいは、白っぽいボトムスを穿いていることに気がつきました。

ぜひ、観察してみてください。

②福耳にする

まず、「福耳」の画像を検索してみてください。大黒様に始まり、ビル・ゲイツ、ウォ

ーレン・バフェット、孫正義、柳井正など、億万長者を超える兆億長者の福耳がずらり。一時代前だと、松下幸之助（パナソニック創始者）の耳には、ためいきが出ます。すごいです。

僕は、慌てて鏡の前に行って、自分の耳を見てみました。

……耳たぶといえるものなどありませんでした。

だめなのか……と思ったときに、思いだしたのが、徳川家康や松下幸之助は、一生懸命人の話に耳を傾けているうちに、耳が大きくなったという説。そして、耳に大きいピアスをはめて大きくするアフリカやアジアの耳長の慣習でした。

そうか、もしかしたら、自分でひっぱっているだけでも、耳たぶは大きくなるかも。それ以来、できるだけ、人の話に耳を傾け、耳たぶを下や横に引っ張るように努めました。

たとえ、「なんちゃって福耳」でも、見た目にはわかりません。大きくなって、「福耳ですね」といわれているうちに、自己暗示にかかって本物の福耳になるかもしれません。

③お金を大事にする

僕の実家は、父親が商人の家で、母親が武士の家の出です。父親は、四人兄弟で、父以外は、皆、自営業、商売人。兄弟集まると、これが儲かる、相場がうんたら、という話が、よく出ていました。お小遣いをもらうときには、少しずつでも貯金しなさいよ、といわれたものです。

一方で、母親の実家では、お金は誰が触ったかわからない汚いものだから、触ったらすぐ手を洗いなさい、というような空気でした。僕が貯金箱に貯まった小銭を数えていると、叱られたものです。

親不孝はしたくないので、詳しくはいいませんが、この後、僕は、両家の行く末を見て、お金は、お金を大事にする家に集まることを学びました。

あとは、よくいわれるように、

・靴、爪、髪、服を、清潔にきれいにすること
・感謝すること
・ご先祖様、神仏を敬うこと

などもありますが、豊かになりたいなら、いろいろできない理由、しない理由を並べないで、お金持ちを真似てみてはどうでしょうか。

効果がなくても、損はしませんし、うまくいったら儲けものです。

ぜひ、あなたもお金持ち、成功者を観察して、新しい共通項を見つけて、真似してみてください。

31. 時間をつくる

現代に生きる私たちのほとんどは、スマホを持っています。また、何にでもネットがつながっていて、必要な情報がすぐ手に入ります。これは便利ですね。

でも、問題なのは、必要でない情報が、毎日、毎時、波のように押し寄せることです。この、本来は必要のない大量の情報に私たちは、どのぐらい時間を取られているのでしょうか。

それは、幸せなことなのでしょうか？　それとも……。

Google と YouTube 出身のアメリカ人二人が書いた『時間術大全』（ジェイク・ナップ&ジョン・ゼラツキー著　ダイヤモンド社）という本があります。このデジタルの総本家ともいえる会社で働いている二人が、そのデジタルに、自分の時間を取られていることに気がついて、いろいろな対策を打ち、より充実した、幸せな生活を送ります。

詳しくは読んでもらった方がいいですが、よく読むと、デジタルとうまくつきあう、というのは、本質の一面で、実は、自分の本当にしたいことを見つけ、それをするための時間をつくること、デジタルの誘惑、仕掛け、罠に打ち克ち、本当にやりたいことを優先して行うことをすすめています。

なにしろ、仕事として、その誘惑、仕掛け、罠をつくり、磨いていた二人が、そこから逃れることがどれだけ難しく、且つ、大事かを語り、その対策を教えてくれているのです。

20世紀より前、まだスマホどころか、インターネットも、テレビもラジオすらなかった頃、私たちの先達たちは、どのように時間を過ごしていたのでしょうか。

ロボット掃除機や食洗機もなく、パソコンも計算機も掃除機も洗濯機も車もないわけです。箒とちりとりと雑巾で掃除をして、洗濯も手でして、そろばんで計算したものを定規をつかって表にして、用事のあるところにはどこまでも歩き、コミュニケーションは、対面で話をするか、手紙を交わす。

そんな家事や手仕事の面倒から解放され、やりたいことを自由に行い、幸せになるために、人類の知恵と新しい技術を駆使してつくった道具によって、できたはずの時間を奪われてしまっているようです。

もちろん、今更、そんな昔の暮らしに戻る必要もありません。必要なのは、自分の時間をつくっているものと奪われているものを見直し、一度「自分の自由な時間」をつくること。そして、「自分が何をしたいのか」を見つけることです。

「自分が何をしたら幸せを感じられるのか」を見つけることです。

もし、見つからなかったら、「他の人を幸せにすること、他の人の役に立つこと」から始めてみてください。そのために、デジタルを使うのなら、いいことです。

どこから始めていいのかわからない人は、スマホの電源をオフにして、『時間術大全』を読むことから始めてみては、いかがでしょうか。

32. 本を読む

本を読むことが、人生を豊かにしたり、成功につながる王道だと知っている人は結構多いようです。それでも、なかなか手に取らなかったり、読み始めても、文章が頭に入ってこないので、結局、置いたままになっているという話をよく聞きます。もったいない話です（あなたは、もうここまで読み進めているので、きっと大丈夫です）。

本を読むには、読筋力というのがあって、それを鍛えると、本を読む力が身につく、というのが僕の自説です。例えば、急に懸垂や腕立て伏せを何回もやれといわれてもできませんが、少しずつトレーニングを積んでいけば、次第にできるようになってきます。それも、きついだけでなく、楽しいトレーニングだと続きます。

本を読むことも同じこと。

いくらいい本でも、普段本をあまり読まない人が、いきなりぶ厚い、ぎっしり字の詰まった本（例えば、いきなりコフィー博士の『7つの習慣』）を読み始めても、それは無理というもの。まずは斜め懸垂や膝をついて腕立てをするのと同じで、字の大きい本、薄い本、楽しい本、自分の趣味に関する本、マンガなどから始めて、読筋力を鍛えるのが先です。次第に手応えのある本が読めるようになってきます。

そもそも、なぜ学校で本を読む楽しさを教えずに、読書感想文や、読解力のテストなどという、わざわざ本を嫌いにするようなことをするのでしょうか。学校の教科書に出ている作品も、名作には違いないのでしょうが、それで本が好きになったという話はあまり耳にしません。

学校の教科書に載っている小説やエッセイなども、新学期に教科書を配られてぱらぱらと見たときは面白そうでも、授業で、会ったこともない作者の思いを30字以内で書かされたり、同じ時代の作家と代表作品を暗記させられたりするうちに、大っ嫌いになります。

僕も小5のときに、従姉の部屋で星新一のショートショートに出会っていなかったら、今のような本好きになっていたかわかりません。大学のときに先輩が本屋で予約した本をわくわくして買っているのにつきあわされていなかったら、その後村上春樹全作品も読んでいなかったかもしれません。

社会人になってから、中国人の友人に、尊敬する人としてすすめられていなかったら、松下幸之助さんの本も読んでいなかったでしょう（ちなみに、松下幸之助さんは、あんなに成功していても、もっと成功するために、たくさん本を読んでいたそうです）。

成功するためには、成功した人が書いた本を読み漁り、その中から自分にあったものを見つけて、実行することです。

幸せにたどり着くのも、同じこと。

幸せになるためには、幸せな人が書いた本を読むことです。

幸せについて書いてある本を、何冊も読んでいると、次第に、その中に、自分の心を揺らす言葉に出会います。それをノートに写して、一つひとつ実行することです。

どこから始めてもいいですが、まずは簡単な本、面白そうな本から始めて、読筋力をつけること。そのうち、自分に相性のいい本に出会います。

いい本には、次に読むべき本のヒントもあります。それを辿って、何冊も読み進めるうちに、いつか、自分を幸せに導く運命の本に、巡り合うことでしょう。

何度も繰り返し読むことのできる、そんな本に出会えることも幸せですね。

第五章

「幸せの三要素は、
①自分自身が好きであること
②よい人間関係を持っていること
③人や社会に貢献していること　です」

～アルフレッド・アドラー～

33. 一緒に食べる

少年院に入所している未成年に対しての調査で、家族での楽しい食卓の思い出がほぼない、という共通項が見つかったそうです。とても悲しい話です。

刑事もののドラマで、刑事さんが取り調べの途中で、容疑者の分も店屋物を注文するというシーンがあります。あれは優しさもあるかもしれませんが、一緒に食べながら雑談でもしているうちに、心が開いてくるものらしいのです。

高度成長時代の組合活動花盛りの頃、経営者から「時間がないので、一緒に弁当を食べながら話の続きをしよう」といわれたら、断らないといけないという組合の掟があったと聞いたこともあります。一緒に飯を食ってしまうと情が移って交渉しにくかったのでしょうか。

同じ釜の飯を食った仲、という言葉があります。僕は中学・高校時代は寮生活を過ごし、大学時代は一年の四分の三を、部活の合宿で過ごしましたが、やはり若いときに毎日のように一緒に飯を食っている仲間とは、その後少しばかり離れていても、他の友人とは少し違う、家族のようなつきあいができるものです。

結婚を前提としたデートのときにも食事が大切なのは、おいしいものを食べているときは幸せ、ということの他に、一緒に楽しく食事をできることが、これから一緒に生きていくための大切な一要素なのでしょう。

家族でも、仲間でも、大切な人と一緒にご飯を食べるというのは、とても大事なことです。

だから、家族で一緒にご飯を食べているときは、テレビは消し、スマホは遠ざけて、会話を楽しむようにしたいものです。それこそが、一緒に食べる、ということです。

ときどき外食に行くと、家族四人でそれぞれ自分のスマホを手に、無言で食事したりしている不気味な家族がいますが、これでは、一人で食べているのと変わりません。

家族でも、仲間でも、食事のときの会話では、相手の話に耳を傾けてよく聞くこと。食べながら飲みながらでも、相鎚は打てるものです。

「そうだね」

「いいね」

と互いに肯定しあうと楽しさが増します。

ベストは、笑いの続く食卓での会話。

欧米人が、パーティーの前に、必ずパーティージョークをいくつか用意し、練習して臨むように、一緒に食事をする人を、精一杯楽しませる姿勢で臨むことです。

食事の前に、相手の興味のありそうな話題、笑いの取れるネタをいくつか用意するぐらいの心構えがあると、いうことありません。

幸せには、楽しむ努力も必要なのです。

34. 寄付をする

最近、見かけなくなりましたが、街頭で学生が横に一列に並んで
「赤い羽根募金へのご協力、お願いしまーす」

と連呼するのは、冬の風物詩の一つでした。

健気に募金活動に励んでいる学生への応援もあって、少しばかり募金をすると、

「ありがとうございまーす」

と、一斉に大きな声でいわれるもんだから、こちらの方が恥ずかしくなり、足早に去っていったものです。

「寄付白書」という寄付の調査によると、２０１７年の国別の寄付者率では、イギリス69%、アメリカ63%、韓国35%に対し、日本は23%だったそうです。

それは、ゆとりがある人が多いからではないの？　という人もいるかもしれませんが、なんと4年連続で世界一寄付した人が多い国はミャンマーで、国民の9割が寄付をしているそうです。仏教国だから？　かと思ったら、二位はインドネシア、三位はケニア……。

日本は111位だそうです。なんか、少し恥ずかしくなりました。

幸せになるためには、お金をどう稼ぐかも大事ですが、どう使うかも大切なことです。

でも、そんなに落ち込むこともありません。この10年で日本の寄付額は以前の1・5倍ほど増えてきているとのことです。大事なのは今からです。

白洲次郎さんという戦後活躍した人は、マッカーサーとケンカするほど気の強いまっすぐな人でしたが、身近で困っている人にお金や野菜を配って歩いたそうです。

「困っている奴がいたら助けるもんだ」

というシンプルな哲学をお持ちだったそうですが、これこそが寄付の原点なのでしょう。

ご縁のあった人が困っていたら、無理をしない範囲で継続して助け、見返りを求めないこと。

助かった人のうち何人かは、また、次の困っている人を助けてくれると信じて、世の中が一歩でもいい方向に向かうと信じて、ご縁のあったところ、気になったところにでも寄付をすると、不思議なことに幸せな気持ちになれるものです。

「困っている人は助けるもんだ」という人が多くいる社会は、幸せな社会だと思いませんか。

35. 友達を増やす

幸せそうな人と話していると、

「私の友達が……」「僕の友達で……」

という言葉がよく出てきます。

幸せな人には、たくさん友達がいるのか、それとも、友達がたくさんいると、より幸せになれるのかはわかりませんが、

「私は、友達が少なくて……」

「親友が3人いればそれで十分」

なんていう人を見ていると、やはり友達がたくさんいる方が、幸せそうに見えます。

さて、あなたには「友達」が何人いますか?

指折り数えてみてもいいですし、リストにしてみてもいいです。

一度考えてみてください。

僕は、毎年年末に、今年できた新しい友達を友人リスト（年賀状リストも兼ねる）に加

え、最近、会えていない人を「来年、会いたい人」として手帳に書き込んでいます。去年頂いた年賀状もめくりながら、古い友人の顔を思い浮かべるのは、楽しいもの。

まずは、学生時代の友人の名前が挙がるのではないでしょうか。同じ思い出を共有している友達との昔話は楽しいものです。それが、部活や何かのプロジェクトなどで、共通の目標の達成に向けて、一緒に戦い、乗り越えた戦友なら、なおさら友情は深いものです。共通の趣味のある友人も挙がるでしょう。スポーツや音楽演奏などの文化活動を一緒にする仲間はいいものです。

近所に住んでいるだけでも、いつもついつい立ち話が長くなって、時々おすそわけやお土産などをお互いに買う仲でしたら、それは近所の友達と呼んでいいと思います。特に何も一緒にするわけでもなくても、一緒に過ごす時間、話が楽しく、時々、食事や飲みにいく友達もリストにあがるかもしれません。

会社の同僚でも、一緒にいて気持ちが良ければ、もちろん友達です（同じ目的の達成のために取り組む仲間だから、深い友情が生まれることも多い）。仕事は仕事、会社の人とプライベートの時間は過ごしたくない、という人もいますが、せっかくのご縁です。了見を狭めないで、気の合う人と公私ともに時間を一緒にできるのは幸せなことと考えられませんか。

家族にしても、「友達のような親子や兄弟姉妹」というような関係であれば、もちろん友達リストに加えていいと思います。

年上や年下の人だって、仲がよかったら友達です。上司・部下、先輩・後輩で留まる人もいるけど、年が近くないと友達と呼んではいけないという決まりはありません。

また、相手が自分を友達と思っているかどうかも気にする必要はありません。自分が友達と思って、誘って断らない相手なら、十分友達です。最近、敬遠されているかな、と思ったらそのときに距離をおけばいいだけのことです。

「友達」を、自分のすべてをさらけだし、何もかも同じ考えでいる人だけなどと狭く定義すると、苦しくなるばかりです。たしかに、何でも話せる親友が3人以上いると幸福度は増すといいますが、だからといって、考え方や価値観がすべて同じということはまずありえません。どんなに仲がよくても気まずい空気になるときもケンカをすることもあります。そんなときは、決定的なケンカになる前に、しばらく離れてみるだけのこと。もしかしたら、また仲良くなるかもしれないし、残念だけど、そこで切れる縁なのかもしれません。

楽しい時間を過ごせて、また会いたいと思える人なら友達と呼んでいいのです。

相手に敬意を持って、楽しい時を過ごし、困ったときは助け合い、お互い遠慮しすぎることも束縛しあうこともなく、前向きに刺激しあえる友人は、人生を豊かに幸せにしてくれます。

だから、改めて、友達を大切にしましょう。友達からTakeすることより先にGiveすることを心がけ、友達を幸せにしましょう。

それから新しい出会いを増やして、その中から新しい友達を見つけましょう。友達を増やすことで、人生はより豊かに、幸せになるものです。年上の友達は自分を育ててくれますし、年下の友達は自分を若くしてくれます。

36. 笑顔を磨く

今はもうなくなりましたが、マクドナルドでは、昔、「スマイル0円」というメニューがボードに記してあって、

「スマイル、ください」

というと、カウンターの向こうのスタッフが、にっこり笑ってくれました。

僕は勇気がなくて注文できませんでしたが、隣で注文している人がいて、店員さんがにっこりと素敵な笑顔をしてくれたのを今でも覚えています。間違いなく笑顔は人を幸せにします。

江戸時代では、商人は笑顔で商売する一方、「武士は、三年片頬」(武士は、滅多に笑うものではない、三年に一度、片頬だけで十分)、などと高楊枝をくわえていましたが、その武士が商人より幸せだったとは思えません。

昭和の時代なら、高倉健や石原裕次郎のようにニヒルで通す人生(彼らは演技でしたが)もありましたが、同時代の松下幸之助や本田宗一郎の方が、やはり幸せそうに見えます。

そう、渋い顔をして、得することはほとんどありません。

「笑う門には福来る」です。

かくいう僕も高校に入って遅めの反抗期を迎えてから長い間、難しい顔をしているのがかっこいいと思っていました。当時の写真は、家族写真も学生時代の想い出の写真もいつもむっつり。額に皺をよせ、下唇をやや前に出して、

「俺は気難しいぜ、近寄るな、声掛けるな」

という空気を出していました。

そして、声を出して笑うこともありませんでした。

結果、二十歳を過ぎて、気持ちでは反抗期を卒業しても、笑顔がつくれず（写真では、ゆがんだ笑顔）、笑うこともできず（笑い声にならない）、眉間に深い皺が残るようになってしまっていました。

アメリカでは、学校で、「最高のスマイル」という宿題が出るところがあって、皆、鏡に向かって練習して、次の日、皆の前で発表するそうです。笑顔も、顔の笑顔筋を鍛えないと続くものではないので、筋トレがいるのですね。

幸せを大切にしようと思うようになって、笑顔は屈強の幸せスイッチの一つと知り、一

生懸命、笑顔の練習に勤しみました。新米CAさんが研修でやらされるという「ウィスキー、ウィスキー、ウィスキー」と声を出していう練習もしました。

鏡を見て行う笑顔の筋トレ（歯を見せる笑顔の練習）。

お笑い番組を見るときは、少し大げさに声を出して笑う発声練習。

お風呂の中でも、口角上げトレーニング。

なんだか途中で馬鹿らしくなってやめてしまうときもありましたが、写真の中の自分のひきつった笑顔を見て、また始める、の繰り返しでした。

笑顔は一日にしてならず。

少しできるようになってきたら、買い物するときに笑顔で「ありがとう」。

食事したときに笑顔で「ごちそうさま」。

バスを降りるとき、出社するときも笑顔。

そしてついに、ある日、外で「素敵な笑顔ありがとうございます」といわれたときは、嬉しかったものです。一度、ついた笑顔筋は、日常で笑顔を保っておけば衰えることはありません。

お金もかからないし、失うものもありません（スマイル0円）。そして、素敵な笑顔は間違いなく人を気持ちよくします。人を気持ちよくする人は、必ず幸せになります。努力効果、投資効果絶大です。

そして、笑顔がどれだけ、回りまわって自分を幸せにするか。

昔の人は知っていました。

「笑う門には福来たる」

「笑う顔に矢立たず」

「笑いは百薬の長」

37. 入れることと出すこと

テレビは、今日も健康番組のオンパレードです。

例えば、納豆を食べると血液がサラサラになる、なんて、たいてい誰でも知ってそうな情報でも、いろいろな人体実験を介してもう一度それを裏付けした「授業」や「カプセル」を見て「ガッテン」すると、

「やはり、そうだったのか!」

と、大いにうなずき、翌朝のスーパーでは、たちまち納豆が売り切れ、という次第です。

今では、スーパーの店長や、本部のバイヤーも、人気テレビ情報番組をチェックして「これは!」というものがあれば、急いで問屋やメーカーに注文を入れ、欠品を防ぐそうです。

納豆だろうが、さばだろうが、はちみつだろうが、ナッツだろうが、商魂たくましく商品を仕入れ、

「テレビで紹介されました」

とPOPをつけると、普段より倍以上の売れ方をするらしいから恐れ入ります。もし仕

入れ損ねると、チャンスロスをしたかどで、上司からしこたま叱られるのでしょう。

確かに、それぞれ体にいい成分なんでしょうけど、その食べ物を、その日からしばらく食べても（どうせすぐ飽きて、次の番組で紹介されたものに飛びつくのでしょう）、そんなに効果があるとは思えません。どんなに体にいい食べ物でも、やはりバランスよく食べることが長い目での健康につながります。さらにいうと、食べるものにこだわるのも大事ですが、「うんちは健康のバロメーター」というように、規則正しく健康な排便に取り組むことも大事です。

テレビで、うんちの特集はしにくいのかもしれませんが、入れることと同じぐらい「出す」方に注目したらどうかと思うのです。

中国の故事に「入るを量りて出ずるを制す」というのがあって、収入がいくらあるのかを把握して、それに見合った支出をしなさい、といいます。

お金持ちの人に聞くと、お金を貯めるには、稼ぐのも大事ですが、お金の使い方がもっと大事といいます。

当たり前のことですが、入ってきた以上に使わなければ、お金は貯まります。入れる方、稼ぐ方を頑張るのももちろん大事ですが、使う方に工夫の余地がある人が多いのではないでしょうか。

マーケティングや経営の教科書は、山ほど世に出ていますが、昔からいわれていることはあまり変わっていなくて、江戸時代の商売道にも心を打つ名言がたくさん残っています。

中でも僕が秀逸だと思うのは、

「どのようにお客様に来ていただくか、も大事だが、どのようにお客様に帰っていただくかが大事」

というもの。お客様が喜んで、満足して帰っていただければ、また来ていただける、それが商売繁盛の秘訣というもの。

ここでも入ること以上に、「出ること」が注目されています。


他にもあります。

どんな知識でも、それを学んで実践しないと意味がない、という考え方は「知行合一」という陽明学の教えの一つです。

いくら一生懸命ためになる読書をしても、何も行動を起こさなかったら意味がありません。何か行動に移して初めて読書が活きてくるというものです。

インプットだけたくさんしてもアウトプットがないとだめだよ、ということですね。

有名なケネディ元大統領の演説でこういうのがあります。

Ask not what your country can do for you; ask what you can do for your country.

「国があなたのために何をしてくれるのかを求めるのではなく、あなたが国のために何を成すことができるのかを問うてほしい」

世の中には、自分にもっとたくさんいいことがあるように、いつも誰かに、家族に、会社に、社会に求めて、不平不満ばかりいっている人って（残念ながら）どこにもいますが、これなんかも、自分に入る方ばかり求めているということ。こういう人で、幸せな人は（これまた残念ながら）あまり見かけません。

逆に、自分が、誰かに、家族に、会社に、社会に何をしてあげられるか、何を差し出せるか、そちらを先にする人は、不思議と得るものも多くて、幸せそうにしています。

『GIVE&TAKE』（アダム・グラント著／三笠書房）という本によると、世の中には、
・テイカー（常に与えるより多くを受け取ろうとする人。自分を中心に考える）
・ギバー（受け取る以上に与えようとする人。他人を中心に考え、相手が何を求めているかに注意を払う）

・マッチャー（与えることと受けとることのバランスをとろうとする人。たいていの人がこの区分）

の三タイプがあって、人は自分の役割や相手との関係によって、この三つのタイプに分かれるそうです。

そして、様々な実例を追いかけながら、「いま、与える人こそ、幸せな成功者となる」と結論づけています。

どうやら、より幸せになるには、入れることより出すことの方が大事のようです。

あなたは、入れる方と出す方、どちらが多いでしょうか？

あとがき

最近の映画は、悪役には悪役なりの立場や事情や都合があることを慮《おもんぱか》ったものが多く、見終わったあとに、複雑な切ない気持ちにさせますが、60年代ぐらいまでは、悪い奴は、とにかく悪かったものです。

例えば、白雪姫。

お妃さまは、白雪姫の美しさに嫉妬し、変装してまで姫を殺そうとします。

悪い奴だ。

シンデレラ。

母と二人の姉は、これもおそらく嫉妬からか、とにかくシンデレラをいじめ続けます。

醜いことです。

しかし、姫たちは、この不遇を耐え、苦境を乗り越えていきます。

そして、ここには、世のサクセスノウハウ方の原点があります。

まず、姫たちは、辛い中でも夢を追い続け、志を抱き、あきらめません。

(いつか、王子様が……)

つぎに相手を、恨み、妬み、やっかんだりしません（ときどき泣くだけ）。

掃除、片付けを一生懸命します（白雪姫もシンデレラも掃除ばかり）。

そして、いつも歌を歌いながら、楽しそうです。

笑顔を絶やしません。

素直です（人を疑わず毒リンゴでも食べちゃう）。

他の人に親切です（それが小人だったり、ネズミだったりしても）。

ほら、成功哲学のセオリーがすべて網羅されているのです。

当時、これらの映画を素直に受け止めた人は大いに幸せな人生を送ったに違いありません。

今の日本は、他の国と比べても、平和で、豊かで、おいしいものが安く食べられ、安全で、便利にもかかわらず、幸福度が低いそうです。もったいないことです。

もっと自分の幸せスイッチを見つけて押せば、もっと幸せになれるはずです。感謝や笑顔をもって暮らせば、他の人を幸せにすることができ、そのことで自分も幸せになれるはずです。

最後まで、読んでいただき、ありがとうございました。

この本で一つでも、自分の幸せスイッチが見つかったら、ぜひ実行してください。感謝をこめて、あなたとあなたの周りの人が、今よりもっと幸せになることをお祈りしています。

そして、この世の中、国、世界が、もっと幸せに近づくことを心より願い、祈っています。

著者プロフィール
村上　百歩（むらかみ　ひゃっぽ）

1964年東京生まれ。

中学のときに北杜夫『どくとるマンボウ青春記』を読んで作家になりたいと考える。就職活動中に、小椋佳さんの活動を知り、「銀行マンとシンガーソングライターが両立できるなら、サラリーマンと作家も両立できるはず」と、恐れ多い志を立てる。

35才からブログ「またたび通信　幸せスイッチ」を書き始める（現在お休み中）。本著は、『サラリーマンの幸せスイッチ』幻冬舎ルネッサンス、『旅で見つける幸せスイッチ』アマゾン Kindle に続く第３弾。

きっと見つかる幸せスイッチ

2023年３月15日　初版第１刷発行

著　者　村上 百歩
発行者　瓜谷 綱延
発行所　株式会社文芸社
〒160-0022 東京都新宿区新宿１－10－１
電話 03-5369-3060（代表）
03-5369-2299（販売）

印刷所　株式会社晃陽社

ISBN978-4-286-22661-3

料金受取人払郵便

新宿局承認

7553

差出有効期間
2024年1月
31日まで
（切手不要）

郵便はがき

1608791

141

東京都新宿区新宿1－10－1

(株)文芸社

愛読者カード係 行

ふりがな お名前				明治　大正 昭和　平成　　年生　　歳	
ふりがな ご住所	□□□-□□□□			性別 男・女	
お電話 番　号	（書籍ご注文の際に必要です）	ご職業			
E-mail					
ご購読雑誌（複数可）			ご購読新聞 新聞		

最近読んでおもしろかった本や今後、とりあげてほしいテーマをお教えください。

ご自分の研究成果や経験、お考え等を出版してみたいというお気持ちはありますか。

ある　　ない　　内容・テーマ（　　　　　　　　　　　　　　　　）

現在完成した作品をお持ちですか。

ある　　ない　　ジャンル・原稿量（　　　　　　　　　　　　　　　　）

書　名			
お買上 書　店	都道　　　　　　市区 府県　　　　　　郡	書店名	書店
		ご購入日	年　　月　　日

本書をどこでお知りになりましたか?

1.書店店頭　2.知人にすすめられて　3.インターネット(サイト名　　　　)

4.DMハガキ　5.広告、記事を見て(新聞、雑誌名　　　　)

上の質問に関連して、ご購入の決め手となったのは?

1.タイトル　2.著者　3.内容　4.カバーデザイン　5.帯

その他ご自由にお書きください。

(　　　　　　　　　　　　　　　　)

本書についてのご意見、ご感想をお聞かせください。

①内容について

②カバー、タイトル、帯について

弊社Webサイトからもご意見、ご感想をお寄せいただけます。

ご協力ありがとうございました。

※お寄せいただいたご意見、ご感想は新聞広告等で匿名にて使わせていただくことがあります。

※お客様の個人情報は、小社からの連絡のみに使用します。社外に提供することは一切ありません。